我与春天，相隔一道墙

洪信明　著

南方出版社·海口

图书在版编目（CIP）数据

我与春天，相隔一道墙/ 洪信明著.--海口: 南方出版社，
2025.2.--ISBN 978-7-5501-9508-0

Ⅰ.I227

中国国家版本馆CIP数据核字第2024R59H13号

WO YU CHUNTIAN XIANGGE YI DAO QIANG

我与春天，相隔一道墙

洪信明　著

责任编辑	杨　乐
封面设计	长淮诗润文化传媒
出版发行	南方出版社有限公司
邮政编码	570208
地　　址	海南省海口市和平大道70号
电　　话	（0898）66160822
传　　真	（0898）66160830
印　　刷	河北文盛印刷有限公司
开　　本	880mm×1230mm　1/32
字　　数	180千字
印　　张	8.5
版　　次	2025年2月第1版
印　　次	2025年2月第1次印刷
定　　价	68.00元

诗人的春天无遮拦

——序洪信明诗集《我与春天，相隔一道墙》

雪　鹰

他是在工地干活二十多年的建筑工人，做过泥瓦工、钢筋工和水电工。也正因如此，才有他与众不同的《我与春天，相隔一道墙》这本诗集的诞生。在品读《我与春天，相隔一道墙》这本诗集时，我仿佛穿越了一道道由文字砌成的墙，走进了诗人那既坚韧又细腻的内心世界，领略这部诗集展现的诗人对自然、生活及自我身份的深刻感悟，及其作为建筑工人的独特视角，为每一首诗带来的生活的温度和艺术的魅力。

这是洪信明的第一本个人诗集，全书分为四个部分：《自画像》《工地情》《杂树花》《组歌颂》。在我阅读的体验中，从来还没有这样一位一直在最苦最累的建筑工地打工的人，如此真切如此深刻地通过诗歌呈现出自己的生存状况，和他对于世界的深度思考。去年秋天，洪信明和他的朋友来过中国当代诗人档案资料陈列馆。我们见了一面，吃了一顿饭，是有一面之缘的诗友。当然，因他听过我的诗歌课，线上交流比较多，称我为老师我也很荣幸。在我的印象里，他的外表明显比同龄人苍老许多，他的手宽大、厚实，指尖都是宽宽的、粗壮的、变形的，他的手掌不光只是充满沧桑的掌纹，还有那些密密麻麻、纵横交错的裂口。由于灌满了建筑灰尘，无法洗净的黑一如神秘的地图，形象地展现在我的眼前，一道一道的毛细血管一样交织着的刀刻一般

1

的纹路，直到此刻还历历在目。他虽然小我几岁，但是看起来比我要苍老。就像他在诗里所写："夜深人静时/我会对着皎洁的月光发呆/我粗糙的外表下/依旧有一颗向往青青草原的心。"读到此处的时候，我的心是痛的，我为这样一位同龄人，这样一位兄弟般的诗友，为我们挚爱的诗而深感疼痛。这种痛感正是洪信明在诗歌里所融入的他的真情实感，他的真实生活，他的充满画面感的工作现场，以及他诗中溢出的博大而悲悯的胸怀，给予读者灵魂的撞击！

《我与春天，相隔一道墙》这本诗集，通过一百多首诗歌，展现了现实生活中阶层、群体、人心之间无法突破的隔离与向往，以及诗人对自然之美与生命感悟、社会现实与人文关怀、时间与记忆、内心挣扎与自我救赎等多元主题的缤纷呈现。这些主题相互交织、相互映衬、互文互补，共同构成了诗集的丰富内涵和深刻意义。我们来看看这本诗集里的作品。

我与春天，相隔一道墙

墙里春意盎然
墙外有它喘气如牛

和空调的外机一样
我们悬挂在城市的边缘

我与春天

相隔一道墙

这首与诗集同名的六行诗，以简洁而富有象征意义的语言，描绘了一种内外隔绝、渴望融入却难以触及的状态。既可以从诗歌主题的角度解读，也可以从诗人生存状态的角度进行深入剖析。诗人对春天的向往，则代表了对美好生活、自由与希望的渴望。诗中最核心的主题是"隔离"与对春天的"渴望"。

"墙"作为物理与心理的双重隔阂，将诗人与生机勃勃的春天（酷暑里的空调房间）分隔开来。"春天"在这里既是对炎热夏日里空调房间的比喻，也象征着生命的美好、希望与活力，而诗人则处于这种美好之外，只能在墙外酷热的环境中劳作。"墙里春意盎然"与"墙外有它喘气如牛"形成了鲜明的对比，进一步强化了隔离感。墙内如春天般舒适怡人，墙外的诗人却汗流浃背、疲惫不堪。这种对比不仅体现在自然环境与人物状态之间，也隐含着诗人心灵世界与现实生活的巨大反差。同时，诗歌还呈现出诗人边缘化的生存状态："和空调的外机一样/我们悬挂在城市的边缘"，这里的比喻，形象地描绘了诗人所处的社会边缘的位置。空调外机作为现代生活中一个不起眼且常被忽视的存在，和从事水电工的诗人在社会结构及精神世界中感到被边缘化、不被重视的处境极其相似。

诗人通过"我与春天，相隔一道墙"的表述，透露出自己内心深处的孤独与无奈。这种隔离感源于生活底层的压力，也有对未来的不确定感，使得诗人感到自己与生活中的理想之间存在着难以逾越的障碍。"墙外有它喘气如牛"不仅是对诗人当前疲惫状态的描述，也暗示了他在面对困境时的挣扎与不懈努力。尽管处境艰难，但诗人仍在努力呼吸，试图寻找突破现状的力量。整首诗虽然弥漫着一种隔离与边缘化的气氛，但诗人对春天的向往与渴望也透露出他对美好生活的追求与不灭的希望。墙的存在既是障碍也是动力，促使诗人不断寻找跨越它、融入春天的途径。而写诗正是他突破现实围堵，实现精神跨越、灵魂超脱的有效手段。

诗歌简洁而深刻的意象，展现了诗人内心的孤独、挣扎与对美好生活的渴望，同时也反映了现代人在快节奏、高压力生活中，遭遇的精神困境与边缘化状态。

从诗歌艺术手法上看，这首诗的象征与隐喻作用最为突出。第一，"墙"是一个强烈的象征符号，它不仅隔开了物理空间上的春天与诗人，更深层地隐喻了心灵与理想、现实与梦想之间的障碍。这种象征手法使得诗歌意蕴丰富，引人深思，让读者能够联想到自己生活中可能遇到的各种"墙"，以及对墙那边美好生活的渴望。第二，是对比与反差的效果。墙里墙外的对比，形象地表现了诗人所处环境的艰辛与挣扎，增强了诗歌的感染力，让读者深刻感受到这种隔离带来的无奈与渴望。第三是语言的简洁与凝练。全诗仅六行，却包含了丰富的情感与深刻的哲理。每一句都经过精心雕琢，没有冗余的词汇，每个字都承载着必然的意义，体现了诗歌语言的精炼与高效。这种简洁的表达方式，使得诗歌更加直接地触动人心，留给读者广阔的想象空间。第四，诗歌标题"我与春天，相隔一道墙"，在诗的结尾再次照应，在阅读感觉上与标题形成了回环往复的意蕴，不仅强化了主题，也增加了诗歌的节奏感和音乐性。第五，意象的生动性。"和空调的外机一样/我们悬挂在城市的边缘"是一个生动的意象，将诗人比喻为现代社会中孤独、挣扎的个体，被排除在自我追求的美好生活之外，生活在城市的边缘，这一意象既具象又抽象，富有现代感，增强了诗歌的艺术表现力。

这本诗集里尤为值得一提的，是诗人巧妙地将自己的建筑工人身份融入诗中，真切地再现劳动的艰辛与创造之力。这种独特的视角不仅丰富了诗歌的内涵，也让读者对诗人的身份有了更深的认识和理解。"钢筋""模板""混凝土"等，这些冰冷的建筑元素在诗人笔下不仅具有实际的意义，更被赋予了诗意的象征。例如，在《在负二层》一诗中，诗人通过描绘在地下室工作的场景，将蚊子的叮咬比作命运的巴掌，既生动形象又富有哲理。

诗集《自画像》系列作品，呈现的是诗人真实的自我，有"粗糙"的外部形象，更有细腻而又恢弘的灵魂铺展。诗人通过描绘自己的日常工作和内心世界，来展示一个建筑工人在城市边缘努力生活的形象。如《帽檐再低一点》中，诗人用"帽檐"和"长布衫"作为自我保护的象征，反映了他对身份认同和自尊心的维护。这些诗作深刻体现了诗人在艰苦环境中的自我成长和精神图谱。

我生命存在的多种形式

有时我们是一根钢筋
被人叫做板筋、梁筋或柱筋
我们被吊机长长的手臂抓住
就像是巨人手里的小玩偶
只有扎丝将我们牢牢固定的时候
我们才有了骨头的硬气

有时我们也会变成一匹角马
迁徙是我们命中注定的历程
我们这浩浩荡荡的种群
时常被几只狮子任意摆布

有时我们会是一头反刍的牛
隔夜的饭菜
翻白的死鱼
这些来路不明的廉价食物
迫使我们像一只真正的牛一样反刍
胃液里进化出超强的抗体
套上笼辔
我们依然是上好的耕田能手

有时我们也是戏台上古戏里的人物
生旦净末丑

悲怆处

发一声咿咿呀呀裂帛般的咏叹

在这首诗中，诗人身份的意义显得尤为深刻和多元。诗人不仅是一个观察者、思考者，更是一个体验者和表达者，他通过诗歌这一艺术形式，将自己对生命多样性的理解和感悟以独特的方式呈现出来。诗人以四种截然不同的生命形态——钢筋、角马、反刍的牛和古戏里的人物，来比喻和象征生命的多种存在方式。这种洞察不仅体现在对生命外在形态的描绘上，更深入到生命内在的体验和感受中，展现了诗人对生命本质的深刻理解。诗人通过生动的比喻和形象的描绘，使读者感受到诗歌所表达的情感和思考。无论是钢筋的坚硬与无奈，角马的迁徙与命运，反刍牛的艰辛与适应，还是古戏里人物的悲欢离合，都让读者在共鸣中体会到生命的多样性和复杂性。其中被操控的无助，弱肉强食的社会法则，底层劳动者的艰辛和不易，以及人生的无常等重大主题，使这首诗具有深刻的内涵。它不仅是诗人对生命多样性的深刻洞察和情感体验的表达，更是对社会现实的反思和批判，以及文化传承和创新的力量体现。

在《我的诗句里长满骨头》这首诗里，诗人以"我的诗句里长满骨头"为开篇，形象地表达了诗人诗句中蕴含的坚韧与力量。骨头，作为人体中最坚硬的部分，象征着诗人的信念与决心。诗人甚至能听见骨头与时代碰撞发出的断裂声，这既是对时代变迁的敏锐感知，也是对自我信念坚守到底的宣告。"我的皮囊早已不知去向/这外在的世相/已在现实的绞肉机中绞成肉泥",诗人用残酷的比喻描绘了现实生活的艰辛与无常,而自己的皮囊(即肉体或外在形象)已无法承受这样的冲击,唯有内心的信念(骨头)依然坚挺。"唯有这铮铮作响的骨头/化作稳定风向的阻尼器/迎着疾风袭来的方向",诗人将自己的信念比作阻尼器,稳定着内心的风向,无论外界如何变化,都能保持自己的方向,迎着疾风前行。整首诗以骨头为核心意象,展现了诗人坚韧不拔的精神风貌和对时代的深刻反思。

另一首《我半跪的姿势绝不表示屈服》,以"我半跪的姿势绝不表示屈服"为核心,构建了一个充满紧张与对抗的情境。诗人通过告急文书、叛军、沦陷的城池等意象,描绘了一个危机四伏的外部环境。同时,沙尘暴的肆虐和沙子在关节滚动的声音,进一步加剧了这种危机感,强烈暗示了诗人身体的剧烈病痛。"我已老迈昏聩/无力阻止身体的集体哗变/关隘要塞早已被叛军占领",诗人坦诚地面对自己的衰老与痛苦,但同时也坚守着最后的尊严与信念。即使身体已经老去,即使面对重重困苦,诗人也绝不屈服。"投降是可耻的/我半跪的姿势绝不表示屈服/人们早就原谅一只跪乳的羔羊",诗人用羔羊的跪乳来比喻为了生存为了感恩,自己因病痛而屈膝的姿态并不是对命运的顺从与屈服,无论面对怎样的灾难与苦痛,都要保持一个诗人的立场与尊严。最后括号中的注释"(干活时,由于关节疼痛蹲不下去,只能选择半跪的姿势)",更为整首诗增添了一层现实的意义。诗人一边默默抵抗着身体的剧痛与衰老,一边坚持繁重的建筑劳作的形象,鲜活地展示在读者眼前。读到此诗的时候,我的心里五味杂陈。在众多的打工诗歌里,洪信明的这首无疑是品质上乘的。

很享受这样的过程

有时是在干活的当中
一个词语突然就窜到你的眼前
这时，你得像安抚一只乖巧的兔子
摸摸它，亲亲它
让它暂时在你的心窝趴着
待到收工
再慢慢给它营造舒适的小窝

大多数时候
它们是难以捕捉的精灵
只在你的门框外露一下头
就倏忽不见了

有时，它们只是山野的毛胚
一块尚未切割的顽石
你得花心思勾勒出它的图案
不停雕琢不停打磨
直到它现出原形

诗人在这首诗里，描绘了自己在繁重艰苦的劳动中，坚持诗歌创作灵感捕捉的过程。首先，诗的开篇便以"很享受这样的过程"直接表达了诗人对诗歌创作的热爱与享受。接着，诗人用生动的比喻描绘了灵感闪现的瞬间："有时是在干活的当中/一个词语突然就窜到你的眼前"。这种突如其来的灵感，如同一只乖巧的兔子，需要诗人细心地"摸摸它，亲亲它"，暂时安置在心窝，等待合适的时机再进一步雕琢。整首诗通过生动的比喻和形象的描绘，将灵感比作兔子、精灵和顽石，展现了灵感的闪现、难以捉摸和需要雕琢的特点。最为重要的是，这首诗从一个侧面告诉我们，诗人洪信明的生活态度、诗写态度是怎样的。真正的诗人，无论在怎样的环境下都会坚守自己的诗人身份，诗歌写作是他战胜艰难困苦的主要武器。正如著名诗人陈先发的诗句所言："我说过死神也不能让我丧失语言。"这句诗也是洪信明这样的真诗人们共同的誓言！

洪信明在自己的诗里，坦诚地裸露出一个诗人的真实灵魂，这是诗人和诗歌最为可贵的品质之一。在第二部分《工地情》系列中，诗人通过对比农民工的辛勤劳动与他们所得到的微薄报酬，以及他们简陋的生活条件与城市中的繁华景象，突出了社会的不公与农民工的艰辛，诗歌具有强烈的现实感、现场感和巨大的感染力。

在《特殊的建材》这首诗中，诗人巧妙地将农民工比作"特殊的建材"，这是一种寓意深刻的比喻。传统的建材如钢筋、模板、线管、水泥等是构建高楼大厦的物质基础，而农民工则是这些建筑背后的真正支撑者，他们用自己的血汗和生命为城市建设贡献力量。诗中提到这些特殊的建材"须经受夏季炎热高温的炙烤/还须历经冬天风霜雨雪的煎熬"，这恰恰描绘了农民工在恶劣工作环境下的艰辛。他们不仅要面对自然的严酷考验，还要承受繁重的体力劳动，这种苦难是他们身份不可分割的一部分。诗人用"源自我们体内"来表达农民工与城市建设的紧密联系，同时暗示了这种付出背后的巨大牺牲。而"在反光背心的反光下/熠熠生辉"则是对农民工辛勤劳动的一种赞美，即便是在最不起眼的角落，他们也能发出耀眼的光芒。

《工地上劳作的女人》这首诗，则聚焦于工地上劳作的女性农民工，通过细腻的描写展现了她们更为艰难的生活状态。

工地上劳作的女人

像一个明显的错别字
随时都有被剔除的可能

她的背弯曲成一张弓
似乎随时准备把自己发射出去
这让她一辈子无法挺起腰杆
喝斥与谩骂
她对这些有毒物质似有免疫力
已无须麻醉药品加以干预

或许，她也一样有上学的儿女
年迈的双亲
要她供养

或许，她一样也有一颗敏感的心
粗砺的荆棘也会对她产生伤害

总要有比低处更低的草丛
供这些不善飞翔的鸟儿栖身

　　诗中"像一个明显的错别字/随时都有被剔除的可能"形象地描绘了女性在工地上所面临的边缘化和不稳定性。同时，也暗示在这样艰苦的劳动环境里，不应该有柔弱女子的身影，她们不仅要承受与男性同样的体力劳动，还要面对更多的社会偏见和歧视。"背弯曲成一张弓"则是对她们长期劳作导致身体变形的直接描绘，这种苦难是身体与精神的双重折磨。诗人对和自己一起从事繁重的体力劳动的女性的遭遇，充满了同情和怜悯。他提到"她"可能也有需要供养的儿女和双亲，也有敏感的心会受伤……这些描写让人感受到"她"作为普通人应有的情感和生活需求。而"总要有比低处更低的草丛/供这些不善飞翔的鸟儿栖身"，则是对"她"以及所有类似处境的农民工的深切关怀与怜悯，表达了诗人对他们生活困境的深刻理解。

　　这两首诗通过不同的角度和手法，共同揭示了农民工身份的艰辛与生活的苦难，同时传达了诗人对他们深深的同情与敬意。这种情感不仅是对个体命运的关注，更是对整个社会结构和价值体系的深刻反思。

　　诗集的后两辑，诗歌主题更加丰富。有对自然之美与生命感悟的抒写的，如《春风约》。在这首诗中，诗人与春风"十指相扣"，漫步于绿道之上，感受自然的温柔与美好。而《这条我称之为母亲的河流》这类诗歌，不仅表达了对河流生态的关切，更蕴含了对人与自然关系的深刻思考。它提醒人们，人类与自然是一个不可分割的整体，只有尊重自然、保护生态，才能实现人与自然的和谐共生。诗歌以"母亲河流"为核心主题，将其比作一位生病的母亲，通过描述其病情、治疗及康复的过程，表达了诗人对河流生态环境的忧虑与期待，体现了诗人对自然的深切关怀，也反映了诗人对家乡的关注与挚爱。《仿佛都已完成》等诗作，涉及诗人对过往岁月的回忆与反思。诗人回顾自己的成长历程，以及那些对自己产生深远影响的人和事。这种对时间与记忆的探讨，使得诗集的主题更加多元。诗集里还有《对一封信的回答》《命运的烙铁在炉火中滋滋作响》《我在城里种钢筋》《打工人》《那一年》《卷心菜》等诗篇，都是"诗性与情怀兼具的佳作"。可举的例子太多，最后再以两首短诗为例，以加强对洪信明诗歌艺术特点的品读。

这无数个分身

当它还是一整根木材时
怎么烧它
它都不肯着

把它劈成许支细条后

它们就抱住一团
熊熊烈火越烧越旺

许多时候
我也不得不把自己分成
无数个分身
他们抱在一起
就有了燃烧的勇气

　　诗人在这里通过将自己比作可以分裂的木材，表达了个体生命为了生存，在面对复杂多变的社会环境和角色期待时，不得不分裂成多个分身来应对的无奈。这种分裂意味着牺牲自我、压抑真实感受或失去个性，从而引发一种深深的无奈和无力感。"我也不得不把自己分成/无数个分身"这一表述，透露出诗人的这种分裂状态是被迫接受，而非出于自愿或真正的内心需求。"就有了燃烧的勇气"虽然看似积极，但背后的痛苦也不容忽视。诗歌通过木材与细条的对比、分身与燃烧的勇气的隐喻，深刻揭示了个体在面对生活挑战时的内心挣扎。这种复杂的情感交织使得诗歌具有深刻的内涵和感人的力量。

灰尘，那么大

此刻，我无限缩小自己
躲在一粒尘埃后面

灰尘，那么大
仿佛是整个世界的组合

切开眼前这堵固体的墙
配管、穿线
一台完美的外科缝合手术
一堵墙的生命因我而复活

灰尘，那么大
我在城市的缝隙里
见到了我自己
城市的血管中
我将复活

诗歌《灰尘，那么大》以灰尘为核心意象，深刻探讨了个体在庞大世界中的自我认知与定位，以及通过创造与突破实现自我复活的主题。在艺术性方面，诗歌巧妙运用隐喻与象征，将灰尘比作个体，墙比作束缚，通过"切开""配管、穿线"等动作描绘出一场精神层面的"外科缝合手术"，展现了诗人独特的想象力和创造力。情感上，诗歌流露出诗人对自我渺小的无奈，对世界奥秘的敬畏，以及对突破束缚、实现自我复活的强烈渴望，情感层次丰富且深刻，引人共鸣。

在诗集《我与春天，相隔一道墙》作品中充满了现代性，尤其《无人机在稻田上空掠过》《抖音》《科技，是个狠活》

《吊》《造天梯》等等，一大批直视当下环境的诗，将现代人的生存状态、生命体验、精神理念等全方位地做了展示。像《你终于觉察到异样》这类作品虽然在诗集里占比不多，但也同样反应了诗人对时代的深刻感悟，在这样特殊的时刻隐晦地表达一些想法，也是必要的。

总之，洪信明的诗是他生命的真实写照，是诗人当下存在的誓言，是他悲欣喜怒的灵魂再现。因此他的诗具有个人独特的言说方式，气息贯畅、从不矫揉造作，他以自己过硬的诗歌作品，打开层层叠叠的障碍，打开了通往自己精神春天的通途。有了诗歌这把利器，诗人的春天无处不在，诗人的春天没有遮拦！

2024年12月
于坛头乡村诗歌学院

目录

第一章　自画像

003　黎明诗简

005　创世纪

007　自画像

009　我几乎忘了我也是一粒种子

011　灵魂

012　我在一堵墙上埋下伏笔

014　奔跑者

016　父亲，我把春天弄丢了

018　陪影子再坐一会儿

020　我只负责牵线

021　仿佛都已完成

023　我的体内正遭受一场漫长的雨季

024　在负二层

026　我坚信，我拥有大鹏的翅膀

027 善与恶时常发生碰撞

028 陨石

029 如你所见

030 今夜的月亮是药

031 缝补

033 这电镐多像我哥哥发出的声音

035 我与春天，相隔一道墙

036 父亲的笔记本

039 这圈养的自然

040 我要在身体里筑起一座坟墓

043 若……

045 杂草中的那朵花真好看

046 浊世

第二章 工地情

049 拿起电镐

051 我用一根钢筋作比喻

053 高峰

055 来自四川的李勇

056 来自云南的那标

057 工地小工

059 我们都有一个共同的疾病要治愈

060 特殊的建材

061 贫穷，是一种隐疾

062 劝架也讲起承转合

064 我对头顶的苍穹充满了怜悯

066 洪峰过后的河床总是一片狼藉

067 没有比太阳更忠诚的了

068 这无数个分身

069 它们堆积如山

070 吊

071 工地上劳作的女人

072 灰尘，那么大

073 命运的烙铁在炉火中滋滋作响

075 我骄傲，我是城市建设者

078 我通常不正面接招

079 废物，其实也很重要

080 我生命存在的多种形式

082 我在城里种钢筋

083 有罪的，赶紧交出你的罪行

084 原谅我不能认一根钢管做亲戚

086 森林崛起的过程

第三章　杂树花

091 理想主义生活

092 老花镜

093 沐春风

095 团圆人

096 孤岛

098 这条我称之为母亲的河流

099 空杯子

101 农具

102 屎壳郎的努力

104 造天梯

106 床底下的念珠

108 打工人

110 破题

111 那一年

113 谋皮

114 零度以下

115 科技,是个狠活

117 节气

118 拜佛

119 对一封信的回答

121 抖音

122 冬天的河流

124 倒药渣

125 风谷机

126 他

127 松林

129 它们纷纷低下头颅

130　它们身后，躺着成堆的先行者

132　我把故乡在一张纸上展开

134　我不敢轻易下笔

135　我固执地认为，我的身体里藏着一条暗河

136　我的诗句里长满骨头

137　我的体内，结满蛛网

138　我从一朵新诗中飞离

139　我将夜幕翻译为故园

140　我隐藏起我趋光的习性

141　无人机在稻田上空掠过

143　除夕夜

144　垂钓二首

146　你可曾见过我丢失的钥匙

147　敲核桃

149　春风约

151　不如吃茶看花

152　我半跪的姿势绝不表示屈服

153　听说雪要来

155　很享受这样的过程

156　斜坡

157　行走在岁月的小巷

158　致和县蔬菜

160　鸡血石

162 镜像学

164 借个院子过生活

166 落叶

167 你终于觉察到异样

168 分类

169 关于故乡

172 一声轻叹

173 我只想坐到灯光里去

174 这虚构的饱满

175 枝繁叶茂

176 闰四月

177 祝酒辞

178 子弹穿透阳光的胸膛

179 窨界

182 一个词语的去向

184 醉眠石

185 那些被文了身的文字

187 说起临安

第四章　组歌颂

一、植物志

192 凤尾草

193 车前草

194 杠板归

196　虎阳刺

198　金樱子

199　天青地白

200　长毛草

202　朝天椒

204　苦瓜

205　卷心菜

二、从钱王陵到功臣山

207　钱王陵

210　石镜山

211　婆留井

213　功臣寺遗址

214　功臣塔

215　功臣山

三、节气辞

217　春分

218　谷雨

219　清明

221　立秋

四、相见村采风行

223　相见村的由来

224　与一场大雾相遇

226　在相见村

227 山楂树下

228 多好的画卷

230 致潘青青

232 洪信明：身体的我和灵魂的我在诗歌里抗争

240 我的诗路历程

第一章　自画像

黎明诗简

滚落在台阶的空酒瓶

贮满醉汉的豪言壮语

热恋中的人

互相争执丢下一地鸡毛

水泥地上的落叶

成了四处游荡的流浪汉

……

要赶在麻药失效之前

尽快清理掉堵在血管里的垃圾

麻醉的剂量刚好

城市尚在酣睡

环卫工的马甲银光闪闪

像一把锋利的手术刀

天空的鱼现出白肚

头班公交车驶入站台

头戴小黄帽的学生匆匆赶来
卖早点的三轮正转过拐角
我骑上电动车朝远方的工地疾驶
……

天空收起黑色的手术布
城市缓缓苏醒

创世纪

第一日
架子工搭好撑架

第二日
木工钉好模板

第三日
钢筋工扎好柱子、大梁及板筋

第四日
水电工埋设线路管道

第五日
泥工浇铸混凝土

神一看
好，很好

多出的两天

架子工拆钢管

木工拆模板

泥工砌隔墙

钢筋工绑柱子

水电工预设线管

神再来看

日子竟密不透风

自画像

帽檐再低一点
就可以遮住额头的刺青了

不对，那不该叫刺青
那是标签贴久了留下的疤痕

说完了帽子
随后，该说到长布衫了
反光背心
暴露了你短打的身份
站在柜子前
你手足无措
忘记了茴字的四种写法

你一直舍不得脱下长布衫
一直在试图辩解
不长不长
只要能遮住心的位置就行
我心头的种子

需要一点亮光

这样，又提到了种子

工地上的尘灰

不时地在你体内扬起沙尘暴

那粒蒙在尘土中的种子

一再凿壁偷光

居然隐隐也有了成林的气势

已近黄昏

你怀抱落日

一身短打的装束

贴身裹着一件隐形的长布衫

我几乎忘了我也是一粒种子

丛林就是这样

稍有松懈

其他树种

就会超越头顶

失去阳光的你

只能在阴影下逐渐枯萎

为了生存

除了疯长

你别无选择

哪怕长成木质疏松的泡桐

我的同伴大抵如此

它们没日没夜拼命生长

肤浅的根系

根本无法抵御风雨的侵袭

我几乎忘了我也是一粒种子

也需要破土发芽争抢阳光

我认出了身体里的风暴
只等春风将我唤醒

我无视同伴的催促
依旧沉浸在自己的幻觉中
或许我是一只困在蛹里的蝶
要等一场梦来赎身

灵魂

它们的样子有些贪婪
几天不喂食
就在我空荡荡的大脑里
哐当哐当的撞击

只是，我这漏洞百出的身子
养活肉体
就几乎用光了我所有的力气

时光拮据
暗夜里匆忙采来的这些食物
很难填饱它们的饥饿

不过，它们也总算好骗
遇上一段投缘的文字
便会手舞足蹈像捡到了宝贝
我体内的星空
会被它们照得闪闪发亮

我在一堵墙上埋下伏笔

我以惊雷的声音
划开一道春天的序幕
横平竖直
手底的劲道入木三分

我刻下河流、山川
也刻下一道道闪电

粉尘弥漫
我的身影若迷雾中的山峰
虚幻莫测

从玄关到客厅到厨房到卧室
宇宙的动脉就此贯通
火线零线接地线
它们各负使命

收获的时刻马上到来
光明，抬头可见

我是一名水电工

我在一堵墙上埋下伏笔

奔跑者

它一直在奔跑

擦过草尖

屋顶以及山梁

也擦过我们的身体

擦得我们热辣辣的疼

但，没人理会它

工期紧紧咬住我们的屁股

我们只得咬紧牙关

稍一不慎

便会陷入汗水的沼泽

那个奔跑者

那么拼了命的奔跑

它是在躲避那个叫夸父的巨人吗

又或者背后有一张弓在追赶

在我们眼里

火一样的奔跑者

你也不过是个急于赶路的莽撞汉

父亲，我把春天弄丢了

直到朋友圈开满了花朵

我才意识到

春天，又来了

可是，工地上见不到一朵花

泵车输出的混凝土

荡起的一圈一圈涟漪

倒有几分像绽放的花朵

让我联想到老家翻耕的农田

要是能开出稻花该多好

混凝土很快就会变硬

跟我的腰一样僵硬

土壤板结

花朵在身体里消失

父亲，你曾是我的一座山

山上有过一个又一个春天

可是，我把春天弄丢了

朋友圈里开满了花朵

那么多的春天

怎么都被人占为己有

陪影子再坐一会儿

匍匐在模板上
一言不发
汗珠子砸在身上也不叫一声疼
我戴安全帽它也戴安全帽
我穿反光背心它也穿反光背心
它总是在学我

街头路灯下
我会跑到我的前面
像一根弯曲的棍子为我引路
有时也躲到我的身后
像一条藏不住的尾巴

不过，只要进了图书馆
它就变得安静不淘气
那里的灯光明亮但不刺眼
空调温度不高也不低
就像传说中的天堂
它一头扎进书本就再也不搭理我

书本里

一定有它的知己好友

这时，我就会卸下我的臭皮囊

陪影子再坐一会儿

我只负责牵线

此时，我的手
仿佛是月老的手

我一手牵着男人的手
一手牵着女人的手
只要我摁下开关
幸福的日子马上会发光

蓝线就当是男人吧
红线自然就是女人喽
要想和和美美过日子呀
火线和零线千万别短路

我只负责牵线
单开双开双联多控
生活的方式你可以任意选择
牙齿和舌头要打架呀
我的开关可没法控制

那把锁一直在
它一直挂在父亲的眉宇间

要有扛板归尖利的倒刺
吓退毒蛇
还要有八角刺的八面玲珑

我是父亲五个子女中最小的一个
既无扛板归尖锐的倒刺
也无八角刺八面玲珑的特性
文不成武不就

作为藤本植物最有力的依靠
父亲这棵大树
显然已失去寄主最佳的状态
他老态龙钟力不从心

我就是那拗不断的紫藤
绝不会轻易地被折断

父亲这样形容他自己

在我尚未找到解锁的法宝前
他绝不肯轻易地倒下
他是一根韧劲十足的藤索
把我牢牢地捆在他的视线范围

然而，八十一岁那年
这棵拗不断的紫藤
还是被病魔生生地拗断了
直到死
那把锁还紧紧地挂在他的眉头

毒蛇开始吐出信子
我汗毛倒竖
仿佛一下子进化出了尖锐的倒刺

我的头颅是高高的山峰

多好

那么，从我鼻尖淌下的汗水

就可以看作是悬崖飞流直下三千尺的瀑布

我的身体是肥沃的田野

多好

雨水多么充沛呵

每灌溉一次

脚下的楼房就跟着长高一寸

泛滥的江河

一定形成了无数的堰塞湖

急剧上升的水位几乎要溢出咽喉

夏季，我的体内

正遭受一场漫长的雨季

在负二层
蚊子们轮番向我发起攻击

奇痒难忍时
我会用力拍上一巴掌

地下室的蚊子
大多不发出一点声音
叮上来直接就开咬

在蚊子的眼中
我拍出的巴掌
无疑就是压顶的泰山
是老天爷劈头盖脑的闪电

在老天爷的眼中
我一定也是没有声音的蚊子
我得时时提防命运的巴掌

在地下二层

我和一群蚊子

为着各自的生计忙忙碌碌

我坚信，我拥有大鹏的翅膀

只是暂时

借这一片菜叶栖身

等风一来

我就会从众人的口腔中飞离

从唾沫的风暴中穿越

就像一个明显的错别字

在这个整齐划一的句子里

我显得那么突兀

我从它们中间一退再退

退成了末尾无关紧要的语气助词

我笨拙又迟缓地爬着

用尽我毕生的力气

寻找真正属于我的完美句式

我坚信，我拥有大鹏的翅膀

我坚信，我拥有大鹏的翅膀

善与恶时常发生碰撞

板块的碰撞

使我体内的构造

常因挤压而变得面目全非

高山坍塌

信仰的根基摇摇欲坠

珍稀物种大量灭绝

我不得不一次次进化

适应着周围的环境

我骨缝里嵌着的种子

依旧保留着前世的基因

陨石

你若仔细察看

会看见我身体里陨石撞击出的坑洞

外力的作用

磁场的引力

往往使我身不由己偏离轨道

那些碎裂一地的丑石

暗藏着我从不外泄的能量

如你所见

我体内依然有寄生虫

它们不劳而获

时时吸吮着我的精血

它们在我体内画地为牢

囚禁着数以万计

默默为我作出奉献的细胞粒子

它们搅起漫天的尘埃

使我迷失前行的方向

我的愁肠为此打了千百个结

我不得不搬来文字的方砖

垒起镇妖的宝塔

那些压在塔底的虫子

至今没有一个从我身体逃走

今夜的月亮是药

有时刀口朝上
有时刀口朝下

黑色，愈来愈浓
一轮弯月
悬挂于包拯的额头

铡刀下
历史的头颅草料般断落

故事逐渐圆满
断草，足以熬成一锅上好的汤药

缝补

穿旧了的衣服裤子
母亲总舍不得扔
齐齐整整地把它们贮存
有时剪下其中的一块
缝补在我刚刮破的衣裤上

九十多岁了
这样的习惯一直没变

要养大我们兄弟姐妹五个
她的时光总是不够用
只能裁下凌晨的一截
再抠出夜晚的一角
这些颜色乌黑的时光碎片
都被母亲缝补在我们的身上

这些时光的碎片
我也一直舍不得扔掉
我用它继续缝补着我的日子

这些东拼西凑的布料

使我的生活

得以日益完整

这电镐多像我哥哥发出的声音

在砖墙上切槽、打槽
是我平日里主要的工作

电镐发出哒哒哒的声音
多像我大哥嘴里发出的声音

我的大哥是个哑巴
说话只能发出啊啊啊的声音

我知道哥哥有许多话想说
但没人愿意听他的啊啊啊

我的电镐也有话说
但没人愿意听它的哒哒哒
大家都把它当作是噪音

我能听懂电镐发出的每一个声音
碳刷没了它就噗噗直冒火
黄油没了它的声音就变得嘶哑

多像我脾气急躁的哥哥
心里的苦从不能直白地说出来

我手中的电镐
它发出哒哒哒的声音
就像是从我心底发出的声音
这声音
多像我大哥的声音

我与春天，相隔一道墙

墙里春意盎然

墙外有它喘气如牛

和空调的外机一样

我们悬挂在城市的边缘

我与春天

相隔一道墙

父亲的笔记本

当我从漏雨的阁楼发现它们时
它们已是尘土满面锈迹斑斑
时光的漏洞
漏出一段积满尘垢的旧光阴

穿过圆珠笔狭窄的笔芯
我进入到七十年多前的千茂村
那一天
二十多岁的父亲
在笔记上记下他寻常的一天

一串串隐在表格里的数字
像在岩石上抠下来的粉末
只需稍稍用力
它们都会回归到岩石本身中去

粮食亩产384斤
人均分红0.0589元每分工
……

这是1959年的笔记

我无力揭开数字背后巨大的秘密

泥工1.6元，木工1.6元，缝纫1.2元……

这是1957年手艺人的每日工钱

这些文字

像搭在时空栈道的枕木

我必须小心翼翼地摸索前进

生怕一脚踩空

便会陷进朽空的旧时光里去

这些与小数点无限接近的数字

每个数字背后都立着一个

干瘪削瘦的乡亲父老

父亲担任大队会计多年

十几本工作笔记本

记录他一生的人生轨迹

从1959年到1989年
笔记本里的数字一点点变大
像小蝌蚪演变成青蛙

我的手艺未精
尚不能将这些旧时光翻新
只有缩小自己
缩小成父亲笔下的一个小数点
与尘埃里的父老乡亲一一相认

这圈养的自然

我不飞
鸟会代替我飞翔

我不沉默
河流中的石头替我沉默

我不修禅
山河代替我穿上了袈裟

山中的庙宇越修越大
菩萨眼中的我逐渐缩小

鸟只顾自己飞翔
石头继续保持沉默
诸佛远离人间烟火

我与这些毫无关联
所有圈养的事物
都已忘记了原始的本能

我要在身体里筑起一座坟墓

（题记：2023年元月，染新冠，卧床）

我知道，我无处可逃
就算没有这沉重的枷锁
我也无处可逃

烽火台上燃起烽火
我的咽喉部位已被占领

三年来你被牢牢封印在魔盒里
我们如履薄冰却又相安无事
封印解开
你的魔爪开始长驱直入

我体表的温度越来越高
我知道我广袤的身体已燃起熊熊的战火
驻守要塞的将士与你展开殊死搏斗

你先是掐断了我的粮草供应
我这昏聩的君主
竟然中了你的离间之计

我前线拼死抵抗的将士啊

再也得不到一粒粮草的供给

哗变一发不可收拾

我的五脏六腑纷纷宣告沦陷

他们说你通常七天就会自动离去

这让我想起创世纪的上帝

以及与上帝对立的恶魔——

撒旦

大街上

救护车的怒吼不时传来

通往诺亚方舟的通道上

天使正与你短兵相接

我闭上眼睛

平静地躺在床上

我要在我的身体里筑起一座坟墓

我决不让你活着走出我的身体
决不
我要在墓碑上写上一行字
2023年元月，病毒葬身于此

若……

若我是丹青手
画中人的眼神须是刚毅的
远处的雪山也须是刚毅的
那是她（他）们坚挺的脊梁
三百位奔赴前线的天使
就是三百朵绽放的雪莲花

若我是一名歌者
歌声须是鸽哨般余音绕梁的
旋律须是浪潮般激昂高亢的
杭城上空骤然响起的集结号
就是她（他）们出征前吹响的
冲锋号

若我是你们当中的一员
我将是骄傲的自豪的
万家团圆的日子
我的缺席
将换来千千万万的团圆

第一章 自画像

43

我奔赴的是

烈火燃烧的方向

波涛汹涌的方向

若我是你们视为恶魔的毒株

我将是胆怯的绝望的

面对四面八方强大的力量

我将无处遁形我将抱头鼠窜

风雪中提灯的人

你们终将迎来胜利的曙光

杂草中的那朵花真好看

杂草中的那朵花真好看

听到这样的赞美

我暗自侥幸

要是长在开满鲜花的花圃里

我一定得不到这样的赞美

亲爱的，我洗不去这污浊

那簇新的冷眼

又落满了我全身

第二章 工地情

拿起电镐

拿起电镐

就觉得自己是征战沙场的将军

一条条纵横交叉的战壕

遍布我精心布置的奇兵

通向厨房

通向卧室

一路路条理清晰井然有序

空开箱是理所当然的指挥所

有时也会遭到原因不明的偷袭

红方与蓝方摩擦升级

双方士兵扭打在一起

擦枪走火殃及到指挥所

揪出队伍是肇事者唯一的下场

攻城掠地我指挥有方

扣动扳机的手指长出厚厚的老茧

那是大地上隆起的山峰

我胜利的旗帜在主峰高高飘扬

庆祝胜利的时刻终于来到
你的幸福将会在冰箱永久保鲜
你的快乐就像空调房中永恒的春天

床头床尾
光明随手就可开启

不说那么多了
战斗马上打响

拿起电镐
就像拿起武器征战沙场的将军

那个女人

动作麻利且娴熟

铺好的底筋看起来像一张网

从她脸上滚落的汗珠

像一群自投罗网的麻雀

除了麻雀

这张网一定还捕获过更多的猎物

比如留守在家的父母儿女

比如抛荒无人料理的自留地

这些纷杂的念头

时不时撞击着她心头的罗网

钢筋的铁锈沾满全身

使她看起来也像一根锈迹斑斑的钢筋

她和她的同伴们

蹲在模板上半天都不起身

就像一根钢筋紧紧贴着另一根钢筋

铺完底筋

又开始铺面筋

底筋和面筋中间空出十公分的距离

这触手可及的距离

多像她身处的异乡和家乡

混凝土很快就会填满这个空隙

只要心中填满

距离，就不在了

高峰

高峰姓蒋
草字头的小将
在我们水电工的群体
以勇猛敢干而著称

上初中的女儿
留守在家年迈的母亲
每月的房贷
……

工余的时候
他时不时地拿这些话头炫耀
就像在炫耀一件刀枪不入的铠甲

疲劳大举入侵的时候
他总能顽强地站起来
手握电镐切割机
陷入又一场新的厮杀

浓烟滚滚的战场上
那件质地坚硬的铠甲
在他身上闪闪发亮

来自四川的李勇

皮肤黝黑，当过武警

来自内江的李勇

在这座城市已经待了二十多年

做水做电，样样精通

凭他的本事

包个工程，不是难事

但他一直跟定一个老板

做个带班的

我说李勇你就是一根蜡烛

燃烧了自己

照亮了别人

李勇总是笑笑

燃烧过的蜡烛

才叫蜡烛

那些从未被点着过的蜡烛

才是蜡烛的悲哀呢

那标姓那，来自大理
每月的工天都在三十天以上
问他每天泡在汗水里
就不怕被淹死？

他说老家三天两头办酒席
帮完了东家帮西家
流水席的漩涡那才叫深
再不出来就真的要淹死个人

有汗珠从他脸上滑落
落进漆黑的漩涡

工地小工

这样向你描述吧
假如大工是一枚坚果的果核
那他们就是裸在表面的果皮
淋更多的雨
晒更多的太阳
最先被削去的
肯定也是外面的果皮

他们的年龄普遍偏大
略显迟滞呆板
就像秋天的野草
失去了向上生长的动力

有时工余闲聊
他们会聊起乡下干活时的场景
聊起农作物
聊起收成

聊起这些话题的时候

他们两眼放光

完全是另外一种状态

我猜想在另一个时间另一个地方

他们一定也是备受青睐的硬果核

一直怀疑老天爷是在熬药
一直把火调得旺旺的
我甚至能清晰地听见
体内传来咕嘟咕嘟沸腾的声音

四川的、河南的、安徽的、江西的……
还有像我这样本地的
虽然产地不同
但我们都有一个共同的属性

天上一天，人间一年
又在同样的节骨点上
老天爷又开始熬它昨天的中药了
这些不同产地的药材
都有一个共同的疾病需要治愈

特殊的建材

你一定见过并知晓
钢筋、模板、线管、水泥……
所有这些建楼所需的建筑材料

这所有的材料中
有一种你未必亲眼见到过
它须经受夏季炎热高温的炙烤
还须历经冬天风霜雨雪的煎熬

这些源自我们体内的
特殊建材
洒在这片土地的每一个角落
它在一颗钉子的尖刃上
它在一根钢筋的虎口里
……
这些特殊的建材
在反光背心的反光下
熠熠生辉

贫穷

只不过是皮外之伤

内心的贫瘠

才是我一生需要治愈的隐疾

拿不出一个体面的词语

来修饰我的平庸

就像拿不出一件体面的衣服

为这薄凉的日子增一丝温暖

手机里的文字

个个大腹便便

加厚的外套也掩盖不住油腻

魏晋唐宋的古方

正合胃口

纵然瘦成一株竹子

也还有一身的气节

劝架也讲起承转合

工地上的事
事不大，火气大
一点小事也会引起一场冲突

双方剑拔弩张的时候
我会大吼一声
工地上不允许打架

这起调的一声一定要响
要有平地惊雷的气势

出门在外大家都不容易
谁先动手谁吃亏
我是证人

找准七寸很关键
后面若无拱火的人
战争一般都打不响

若遇上煽风点火的旁观者

我的枪口就调转

哪有你这样劝架的

打起来医药费你来出？

抬头不见低头见

各退一步事情就过去了

有了我这块挡火墙

小小的火苗基本马上熄灭

劝架也讲起承转合

这样的文章我做过不少

我对头顶的苍穹充满了怜悯

此时，我的体内
一定是电闪雷鸣暴雨倾盆

河水泛滥
横冲直撞溢出身体表面

它一定冲刷出了广袤的冲积平原
吸引成千上万的羊群前来啃食

洪涝过后也必定引起了严重的旱情
江河内必定有搁浅的船只
纤夫的脚陷进深深的淤泥
真担心它们把我紧绷的神经生生扯断

作为主宰
我对体内万物的运行
竟然丝毫无能为力
任由它们在我体内自生自灭

想到此处

我对头顶的苍穹

顿时生出了无限的怜悯之意

洪峰过后的河床总是一片狼藉

端起饭碗
却没有一点食欲
身体的警戒线
一再发出红色信号

洪峰过后的河床
总是一片狼藉

汗水暴涨的体内
水土大量流失
淤积的河床一定塞满了垃圾

清淤工作
刻不容缓

停不下来啊
你看这些肤色黝黑的工友
哪个不是超负荷运行
家庭的命脉
时时需要通航

没有比太阳更忠诚的了

从早上五点

到傍晚的七点

六月天的太阳

连站立的姿势都不曾改变一下

多像守卫边疆的卫士

也难怪这么忠诚

它守卫的这片土地啊

还有太多的黑暗

没有被阳光照耀到

比如这一群来回奔波的蚂蚁

举着太阳这么大的火把

也没能把它们

从黑暗的洞穴拯救出来

这无数个分身

当它还是一整根木材时
怎么烧它
它都不肯着

把它劈成许多支细条后
它们就抱住一团
熊熊烈火越烧越旺

许多时候
我也不得不把自己分成
无数个分身
他们抱在一起
就有了燃烧的勇气

它们堆积如山

大臂伸展
小车移动
笨拙的身躯竟收放自如

吊起钢筋
吊起模板
吊起几十几百吨重的建筑材料

这些旧事的分量
一定远远超过钢材木料
我一遍遍发出起吊的指令
体内的吊机依然纹丝不动

它们堆积如山
需要我花一生的力气
才能把它们从我心头移走

我一再央求

戴蓝色安全帽的塔吊女指挥

帮我吊一吊

就一吊

小姑娘眼睛一瞪

散、乱的东西规定不准吊

我脸上一红

这满腹的心事

确实又散又乱

工地上劳作的女人

像一个明显的错别字
随时都有被剔除的可能

她的背弯曲成一张弓
似乎随时准备把自己发射出去
这让她一辈子无法挺起腰杆
喝斥与谩骂
她对这些有毒物质似有免疫力
已无须麻醉药品加以干预

或许，她也一样有上学的儿女
年迈的双亲
要她供养
或许，她一样也有一颗敏感的心
粗粝的荆棘也会对她产生伤害

总要有比低处更低的草丛
供这些不善飞翔的鸟儿栖身

第二章 工地情

71

灰尘，那么大

此刻，我无限缩小自己
躲在一粒尘埃后面

灰尘，那么大
仿佛是整个世界的组合

切开眼前这堵固体的墙
配管、穿线
一台完美的外科缝合手术
一堵墙的生命因我而复活

灰尘，那么大
我在城市的缝隙里
见到了我自己
城市的血管中
我将复活

命运的烙铁在炉火中滋滋作响

体内江河奔涌

任何阻挡都是徒劳

每个单个的个体

都淹没在自己的洪流里

烈日继续加大火焰

命运的烙铁在炉火中滋滋作响

钢筋烫手

模板烫手

从烫手的沙粒中觅食

是蝼蚁们必备的生存技能

每次蹲久了站起身子

都像在经历一次永远的告别仪式

眼前发黑，天旋地转

工友们大多来自云贵川

贫瘠土壤种子的生命力更强

钢筋工班组女工最多

瘦弱的身子让人心生怜悯

楼层一天天加高

身上的肤色一天天加深

除了霍香正气水

他们一定还有其他法宝

才能在命运的熔炉中

百炼成钢

假如你从高处俯瞰

便可见到浮雕般凸起的一幢幢高楼

如平仄押韵的诗篇写在大地上

那正是我们一笔一画书写的崭新篇章

我们的热血

我们的汗水

都化为特殊的建筑材料

融入到这座城市的每根血管中

公园城、公园家、衣锦人家、玉兰花园……

我依次呼唤着它们的乳名

就像呼唤自己亲手养大的孩子

我甚至能准确地说出它们各自的出生年份

我们用切割机电镐在毛坯墙上写字

横平竖直

每一堵墙上都埋下了预先光明的伏笔

我们的手

就像月老的手

一手牵着红线

一手牵着蓝线

开启光明的按钮啊

就在我们的手中

假如你近距离触摸城市

你就会从城市的心跳中辨认出我们的脉搏

雨水井、污水井、水表井

这遍布城市的毛细血管

每一条都与我们的血液相通

酷热的夏季

我们体内的江河奔涌

泛滥的河水把我们的身体

堵塞成大大小小的堰塞湖泊

我们能清除城市每一条淤堵的血管

却无力疏通体内堵塞的河床

我和我的工友们

我们用身体浇灌的土地啊

处处盛开明艳的花朵

我骄傲，我是城市建设者

我通常不正面接招

同一片林子觅食

摩擦在所难免

不同工种交叉作业

擦枪走火时有发生

面对突如其来的怒火

我通常不正面接招

失去受力点的怒火

就会在空气中消散

那些喷洒在空气里的怒火

就会返回到发射者的枪膛

看他用力咽下火气的样子

我感到很好笑

棉花比铁

有时更具杀伤力

废物，其实也很重要

通常用到的是

110的弯头、50的弯头、110乘50的三通

当然，也会用到斜三通、平行三通、P弯S弯

等等一大堆配件

你意想不到的是

这曲里八弯一大堆东西

只不过是用来做卫生间

下水排污管的辅料

废物，其实也很重要

我生命存在的多种形式

有时我们是一根钢筋
被人叫作板筋、梁筋或柱筋
我们被吊机长长的手臂抓住
就像是巨人手里的小玩偶
只有扎丝将我们牢牢固定的时候
我们才有了骨头的硬气

有时我们也会变成一匹角马
迁徙是我们命中注定的历程
我们这浩浩荡荡的种群
时常被几只狮子任意摆布

有时我们会是一头反刍的牛
隔夜的饭菜
翻白的死鱼
这些来路不明的廉价食物
迫使我们像一只真正的牛一样反刍
胃液里进化出超强的抗体
套上笼辔

我们依然是上好的耕田能手

有时我们也是戏台上古戏里的人物

生旦净末丑

悲怆处

发一声咿咿呀呀裂帛般的咏叹

我在城里种钢筋

我在城里种钢筋

我种下掩耳盗铃的铃

种下瞒天过海的海

种下一语成谶的谶

……

我用口水喷出的雨水浇灌

我用谎言堆积的腐草施肥

我长满赞美的大花园

开满了香气扑鼻的塑料花卉

小巷深处

童谣四起

有罪的，赶紧交出你的罪行

傍晚五点多了
天空依旧不肯收起
明晃晃的鬼头刀

树叶紧紧闭住嘴巴
不肯吐出隐藏的秘密
河床里白骨森森
写满了鹅卵石的供词

草芥们无处可逃
它们挣脱不了命运的枷锁

有罪的，赶紧交出你的罪行
你看
那么多的无辜陪你受刑

原谅我不能认一根钢管做亲戚

城里的太阳

晒在脸上

和乡下的太阳

晒在脸上

没有太大的区别

工地上蹲着干活的姿势

和在田里干活的姿势

也没有太大的区别

在乡下

可以把山林中任何一种草木

认作是自己的亲戚

它们慷慨大方

分给我们野果

拿自己当药医治我们的病

也允许我们拿它的名字

来当作自己的名字

在工地

钢管一根连着一根

紧紧围住在建的楼房

也把我们围在当中

楼房竣工的日子

就是外架拆除的日子

我们的命运如此相似

不要以为同病相怜就是朋友

原谅我不能认一根钢管做亲戚

没有鸟鸣

起始的时候，打桩机的声音

一声连着一声

像一个人的咳嗽

草本植物总是率先入场

草芥的适应能力最强

塔吊升起的时候

婴孩刚刚学会蹒跚走路

楼房逐渐有了雏形

有了树的形状

用竹竿作比喻也很恰当

它们疯长的速度不亚于春笋拔节

中空的框架结构也与竹子暗合

蝼蚁们进进出出

筑巢是它们与生俱来的天赋

森林崛起

一眼望不到尽头

第二章　杂树花

这样的生活无疑是安逸的

公园里树荫茂密

鸟群叽叽喳喳

它们讨论花蜜、果实，以及爱情

它们的字典里

已删除弹弓、汽枪，还存罗网

新生代的鸟儿

已经不那么惧怕人类

工地上工友们的神经

也越来越松弛

忘记了恶意欠薪

忘记了曾经的哀求、撕打和绝望

他们开始谈论足球、战争以及别人的婆娘

一只强大的手

托住了农民工的腰杆

天空上游隼在盘旋

理想的国度仍有破绽

老花镜

已经入木三分

鱼鳞一层层揭开

事物的本质已无处可藏

年龄是最大的漏洞

狡猾的文字

开始表演分身术

玩起真假美猴王的把戏

照妖镜下

猴子的尾巴现出真相

混沌的世界

玉宇澄清

沐
春
风

——致坛头沐春风茶舍

须仰望
像仰望先贤一般

那些被人类驯服的品种
它们一节节矮下去
矮化成一株草的模样

而它们，随着流放的人
在瘴疬肆虐的边陲扎下根
千百年来
依旧以一棵树的姿势站立
铁骨铮铮
像淡泊名利修道的隐士

在江南
在坛头
在一个叫沐春风的茶舍
一壶普洱茶
一棵千年茶树的演变史

第三章　杂树花

93

正从壶中缓缓倒出

那是茶舍的主人
阿峰和海英贤伉俪
从遥远的西双版纳勐腊县易武镇
亲手从千年的古茶树上采摘下来
用古老的工艺
唤醒一片叶子原始的味道

那是一种回归的味道
回到时光深处
回到蛮荒之地
与一棵古茶树
打坐　修炼

那味道
须仰望
像仰望先贤一般

团圆人

——致《团圆人》山核桃

一记棒喝后
坚硬的外壳出现裂缝
再捶再击
尘世的俗念碎落一地

这时，须有一把镊子
取出骨缝中隐藏的贪嗔痴
消除心头的芥蒂
你的肉身得以圆满

当然，这些依旧是外相
你仍需要经历脱涩、蒸煮、烘烤
种种磨难的加持
你的法相逐渐庄严
一颗核桃方才修成正果

孤岛

这场对峙，毫无胜算
它已深陷重重包围

四周都是水
只剩脑袋
孤零零地悬浮在水面上

它的同盟
隆起鼓鼓的肱二头肌
自诩大地的脊梁
在水到来之际
纷纷倒戈
投入水的怀抱

有的认一头鳄鱼做干爹
有的把一只王八叫作兄弟
它们勾肩搭背躲在水底
变成满嘴獠牙的暗礁

只有它

不肯低下倔强的头颅

它在我的体内

苦苦等待

等待一位手持火把的

采药人

这条我称之为母亲的河流

体检、会诊、开药方

这条我称之为母亲的河流

迎来了生命中最大的一次手术

她曾患有严重的结肠炎

在缺少雨水的季节

她的乳汁明显供应不足

她的孩子围堵拦截

全然不顾她枯瘦成一根细线

最终导致了肠梗阻

固本、通络、疏肝、理气

我的母亲河

沉疴得以根治

一群又一群大马哈鱼

循着母亲的血液向故乡洄游

空杯子

天空那么空
就像从来没有过
杀戮、仇恨与疾苦

天空那么空
就像从来不曾有过雨
有过风有过雪

天空，那么空
像一只透明的空杯子

我把手中的杯转换了个角度
于是，我又看到了
云朵、飞鸟与太阳
它们在我的杯底摇摇晃晃

我端起杯子
将杯中酒一饮而尽

眼前的杯子空了

天空，装进了我的肚子

农具

而今
它们蜷缩于
文化礼堂的一隅
蛛网密布
像绑着绷带的木乃伊

我羞于与它们相认
它们曾是父辈的故交
一辈子形影不离
而如今
我几乎连它们的名字也叫不上来

它们供奉在这里
受着后来人目光的朝拜
就像一场转世前的告别仪式

眼看就要登顶

一阵热浪袭来

粪球又滚落到沟底

它一遍又一遍

将比自身重几倍的粪球

推上沙丘

风沙总与它为敌

或者纯属戏弄

一遍遍地将粪球丢回沟底

屎壳郎的努力

最终成为泡影

阳光不会因为一只屎壳郎

而稍加收敛

它眼看难逃一死

其中的一粒沙子

流出了一滴同情的泪水

这一滴水的慈悲

给了它莫大的勇气

它又挣扎着推动粪球

终于登顶了

屎壳郎悲喜交加

一阵狂风袭来

粪球裹挟着它又滚落沙丘

啊……

一声惨叫

我从梦里惊醒过来

手里还残留粪球臭臭的气味

天庭总是诱人的
肯定有人登上去过

要有一把登天的梯子
还须有各路神仙作靠山

供上血液的祭品
神仙指路

可以照搬历史的骨骼
一节一节拼成梯子的形状

历史的剧情一再重叠
却总是略差一步之遥

那就取下自己的肋骨
这一次他几乎摸到天庭的门槛

他有一种位列仙班的眩晕

脚底一软，天梯轰然倒塌

面对万劫不复的信徒
没有一座靠山表示出愧疚

化成齑粉前
他终于认出自己草本的真身

床底下的念珠

截取一段河流

劈、刨、推、铣

我像经验丰富的老木匠

使用各种古老的技法

当然，这一段河流早已干涸

像没了牙齿的牙床

像一截枯木

我之所以选取这一段作为材料

是因为

它贮存了我一生中最快乐的时光

随便一斧子下去

童年的碎片就会应声而出

我曾像游鱼

无拘无束地在此畅游

那丰沛的水源

其实是我父亲洒下的汗水

念珠，已初具雏形

还须刻上经文

忏悔的经文

河床上空空如也

没有了父亲的身影

空空的河床下

鹅卵石

佛珠般散落一地

打工人

一年之中

可以删去春分谷雨立夏芒种

以及任何一个节气

也可以删去五一、十一、八月十五

以及春节以外的任何节假日

删去周六周日

删去三伏三九

删去春天枝条上的花朵

删去上弦月下弦月

删去一切毫无关联的虚设词汇

还可以删除一些不相关的这卡那卡

反正身在异乡的人

这卡那卡都派不上用场

外乡的打工人

早已习惯

把一些小病小痛

死死地卡在身体里

不能再删了

再删

一棵树就彻底没有了春天

时常参与一些同题的写作

拿到题目后

总无处下手

要离开题目

离开词语本身

三百六十度旋转

你会发现

无数个进入它的通道

讲课的老师这样对我们说

我掂了掂手中的生活

它竟然纹丝不动

我想绕到它的背后

它却密不透风

那一年

那一年，走投无路

身后狼群围追堵截

我像受惊的麋鹿一头撞进了工地

切割机在砖墙上疯狂撕咬

电镐伸出尖利的獠牙

这里依然是捕猎的现场

水电、泥工、木工、钢筋工

犬牙交错

领地的争夺战时有发生

工友粗糙的语言上长满荆棘

时间久了

我的身体竟然长成了刺猬

这也不错

食肉动物再也无处下嘴

夜深人静时

我会对着皎洁的月光发呆

我粗糙的外表下

依旧有一颗向往青青草原的心

谋皮

未谋猎杀前

它的骨头坚硬

可以抵挡任何武士的弓箭

一张图徐徐展开

图是精心设计的图

它身上的每个部位都作了标注

图穷　匕现

一张完整的地皮

栩栩如生

零度以下

一只鸟

不在真正的天空飞行

它只在我的脑海里逗留

我也没料到

我的脑海竟然这么辽阔

可供一只鸟这么长时间的飞行

我频繁地迁徙

故乡离我越来越远

零度以下

只是逃离故土的一个借口

异乡的天空

也是一样的寒冷

一只鸟

至今没在我体内找到栖息地

它和我

都有一样的借口

在我所处的那个时代
这句话常常被人提起

科技，确实是个狠活
它抱走一座小山
就像从鸡窝抱走一个鸡蛋那么容易

我所处的那个时代
周边的鸡窝都没了鸡蛋
远处的高山
成了孤零零的老母鸡

科技，是个狠活
它热衷于玩积木游戏
一格一格的小方格里
住满了你我一样的小木偶

延续几千年的亲情链条
被一节一节取下

成了方格子里单独的零部件

我所处的那个时代

科技，是个狠活

节气

这些旧书堆里的名字
越来越名不符实

金粉里包裹着的
是泥胎

少了气节的节气
供养
是那么的多余

拜

佛

泥坯镀上厚厚的金色

佛的面容

越来越接近人类的富贵

你跪在自己的影子里

膜拜

木鱼声里只有木头的声音

许多真迹成为遗址

崭新的寺庙

满是慈悲的赝品

见字如面，兄弟

城里干活和乡下干活

没什么两样

要说有什么不同

就是城里没有鸡叫

我们也一样准时出工

工地上的钢筋、扎丝

时常勾破衣服

在我的手上脚上勾出血印

这和我们上山砍柴时

荆棘留下的血痕

没什么两样

我们亲手栽下的高楼

一天天拔节生长

和我们蹲在地头

看自家的庄稼一点点长高

没什么两样

脚手架上围着密密的防护网

我们抬头看到的天空

和我们读书时读到过的

井底之蛙

看到的天空

没什么两样

唯有这头顶的太阳

对你我倒是

一视同仁

抖音

于是
太多的杂质
抖落出来

于是
一粒灰尘
被无限放大

于是
蛆虫的蠕动
苍蝇的吟唱
也遭人围观

全民发抖
整片大地
仿佛患上了帕金森

让一条河回到精力充沛的盛年

回到山洪暴发的现场

淤积由来已久

残枝、枯叶、生活用品

对抗越剧烈

河水的怒气就增加一分

以致一条河改变了行走的路线

垃圾

被原封不动地退回人类

冬季来临

河道奄奄一息

似乎随手一掐

就可以中断它的呼吸

鹅卵石

像修道者圆寂后的舍利子

这是一条河

生命冻结后

留下的最后遗言

在农村

喜欢把喝剩的药渣

倒在三岔路口

让踩过的人把病痛带走

交出心中苦涩的部分

熬制成中药

贫血的城市

如今的气色越来越好

城市与农村的岔路口

行人熙熙攘攘

他们纷纷带走

脚下残存的药渣

于是

城市里也有了农村的症状

风谷机

我们称它为风车

漏斗形的肚子

能轻易地吞下上百斤的谷子

转动风车的力道需要把握

饱满的颗粒也扛不住强劲的风

太柔和

就给机会主义分子钻了空子

我家的风车

闲置在老家的阁楼上

没了用武之地

怪不得我脑子里的私心杂念

越来越多

每一个字从他嘴里吐出

都那么油光闪亮

就像他油光闪亮的厚嘴唇

做事，要先学会做人

这是他常挂在嘴边的口头禅

问起他的近况

他的父亲摇摇头

光秃秃的脑袋

像落光叶子的枯树

那只鸟

已经好多年

没飞回来了

松

林

果然，这棵树已死
四周站满新长的松树
像一群与逝者告别的后代子孙

据说，这是当年一位名士
贬谪本地时栽下的松树
大家都叫它名士松

据说，庙里的和尚提议
要在原来的位置
种上一棵新的名士松

替身，谎言
我有理由相信
庙里的菩萨
一定也是后来补上去的替身

那一群围在老树边上的松树
不都是老树根下的遗腹子吗

它们不能代替老树活下去吗

狗尾续貂
我不禁对着松林喊叫起来
哈哈哈哈
整片松林一起大笑起来
笑身震落老树身上一大块皮
裸露出虫蚁咬过的肉身
像极了刻满铭文的墓碑

它们纷纷低下头颅

主语谓语宾语

状语定语补语

这些参差排列的文字

像插满秧苗的稻田

我一遍又一遍

反复梳理

生怕它们错长成稗草的模样

有时打乱它们的秩序

就会生长出新颖的花朵

除了自得其乐

这片庄稼一无是处

这令我羞愧

这些文字也自感羞愧

它们纷纷低下头颅

像一茬等待镰刀的谷物

它们身后，躺着成堆的先行者

我与春天，相隔一道墙

130

假如必须用蚂蚁作比喻
我愿是行军蚁
无所畏惧的行军蚁

在丛林
浩浩荡荡的军蚁大军
抱住敌方
双双从高处落下赴死
只为为后来的同伴
扫清致命的威胁
获得最后的战利品

多么相同而悲壮的场面
我们站在时光的顶端
紧紧掐住时间的咽喉
时间巨蟒一样的身子
同时也紧紧地箍住我们
直到耗尽双方所有的力气
……

幼蚁们在草叶间大快朵颐

它们身后

躺着成堆的先行者

我把故乡在一张纸上展开
当一条河流流经我的喉咙
我差点喊出属于它的秘密
那头老牛
已化作沉默的山川
我曾骑在它的脊背上游走
曾在它化身的山川
从它的胸腔里掏出良药

我不告诉你它的秘密
不告诉你我平庸的躯壳
和它一脉相承

我把故乡在一张纸上展开
写下它隐秘的身世
一部分
烧成灰寄给逝去的先人
一部分
揣在怀里带它去远方

我
把
故
乡
在
一
张
纸
上
展
开

这样

我和它就有了各自的故乡

134

我不敢轻易下笔
每一个文字都那么可疑

本想借一段文字来疗伤
打开它方知它也经历过刀枪斧钺
坍塌的庙宇
没有一个偏能置身事外

我不敢轻易下笔
草率地交出我的文字
我怕它们和那些变节的词语一样
误入歧途

我固执地认为

我的身体里藏着一条暗河

它鬼斧神工地淘蚀出神奇的丹霞地貌

我身体里存在亿万年的文字

堆积出瑰丽的钟乳奇观

我煤炭般黝黑的皮肤

在暗河的冲洗下闪闪发亮

我固执地认为

只要固执着我的固执

奔腾的暗流就不会塌陷

我的身体里有一条暗河

我的诗句里长满骨头

我甚至能听见

它与时代碰撞

发出的断裂声

我的皮囊早已不知去向

这外在的世相

已在现实的绞肉机中绞成肉泥

唯有这铮铮作响的骨头

化作稳定风向的阻尼器

迎着疾风袭来的方向

我的体内，结满蛛网

我振动翅膀

只为寻觅果腹的食物

却一遍遍触动体内的蛛网

沦为蜘蛛的猎物

从一朵花到另一朵花

蜜蜂

深陷于这些甜蜜的款待

翅膀的振动中

鲜花如愿完成了授粉

我从一朵新诗中飞离

身上沾满词语的蜜汁

这些隐密的部分

不经意间

被我带往另一朵

静待绽放的花蕊当中

我将夜幕翻译为故园

我的故乡一定对我

存有偏见

我不敢直面每一缕

来自故乡的清风

我无法偿还它山林

偿还它茂盛的家园

我无法偿还它溪流

偿还它清如明镜的眼眸

我无法向每一块卵石谢罪

无法向每一株草木忏悔

稻花香里的蛙声

烹饪成了餐盘中的交响曲

我无法向每一寸土壤告解

在神的黑屋里

我将夜幕翻译成故园

140

在尚未进化出与城市匹配的特性前
我丢失了乡村原始的本领

我与一把锄头保持若即若离的关系
这种旧石器时代的生产工具
显然已不适应开垦我新的生命

我隐藏起我趋光的习性
在一条河流没有断流之前
努力向自己的出生地
洄游

距离地面三米左右
无人机在稻田上空掠过

这三米左右的高度
人类攀登了上下五千年

身背喷雾器的乡亲
从此卸下背后重重的甲壳

从育秧到播种
从田间管理到收割
智能科技的钥匙
打开了古老农耕的枷锁

举头三尺有神明
这举头三尺的神明
此时正洒下解救众生的甘霖

我的父老乡亲

他们每日躬身在田间
仿佛他们也是田间的一株稻苗
也要经历风雨的洗礼

无人机从稻田上空掠过
新农人手持遥控器昂首而立
几百亩稻田里的秧苗
纷纷向他
躬下身子

除夕夜

我在一串数字的尾巴上

点燃引线

这些受了惊的精灵

纷纷跺着脚蹿上了云端

嘴里还发出啪啪啪的尖叫

它们不停地进行变脸表演

我依次看到了闪电、雪花和玫瑰

黑色的帷幕降落又拉开

整个村庄都进行着相同的表演

它们不得不一次又一次现身谢幕

这些即将隐身幕后的数字

每一个

都怀揣着硝烟的味道

新的一页即将开始

我又将从最小的数字开始播种

垂钓二首

其一

水深　漂浅
食物和危机面前
它们比我把握精准

提竿　空钩
脱钩后还不忘拽线致谢
这些来赴鸿门宴的宾客
比我这别具用心的主人
更绅士

其二

稳坐湖边
青山的倒影沉入湖底

我咬住饵料
被一阵清风凌空钓起

风乐　我乐

我们乐此不疲

此刻，我需要一个安静的巢穴
我新的躯壳已经长成
你可见过我丢失的钥匙

有人说它已被打成一把锋利的匕首
不，我的钥匙很小
它的锋芒斩不断锈蚀的枷锁

有人说它被塞进了一首诗的末尾
成了一个毫不起眼的标点符号
也有人说它被垫在了一张桌子的脚下
变成了一块垫脚石

我要蜕下身上的旧躯壳
你可曾见过我丢失的钥匙

敲核桃

锤子落下之时
核桃毫无反抗之力
它们固定在模具当中
动弹不得

或轻或重
都无法获得完整的果仁
连续均匀地敲打
使核桃的外壳酥脆
再用剪刀轻轻地剥离碎壳
一颗完好无损的核桃仁诞生
他们把它叫作团圆人

操作工的技艺
必须精准娴熟
她们手中的锤子
就是决定核桃命运的锤子

敲击我的命运之神

它的技艺肯定不够娴熟
不是轻了就是重了
我这伤痕累累的身子
再也经不起它反复的敲打

春风约

在湖畔

我与它十指相扣

像恋人般漫步于绿道

它送我一片落叶

又轻轻将它放入湖中

落叶在水面频频点头致谢

面对失去生命的事物

它也表现出菩萨般的悲悯

它不时窜进路边的花丛

仿佛这些花朵就是它的真身

有时它也模仿一棵水杉的挺拔

在高高的树冠上行阅兵式的注目礼

面对这俏皮的精灵

我原谅它没在我手持电镐劳作时

穿过厚厚的砖墙

为我拭去脸上的汗珠

也原谅它没在我俯身滚烫的楼板上绑扎钢筋的时候

为我遮住头顶炙热的火球

我原谅我对它所有的原谅

在湖畔

我们十指相扣

像热恋中的情侣

不如吃茶看花

——致周华诚《不如吃茶看花》

黄泥湿濡

茶叶刚刚吐出绿芽

我和小伙伴们

坐在柴火做的滑板上

从逼陡的茶山上俯冲下来

……

母亲们依旧年轻

采茶的双手依旧麻利

茶筐里盛满我们淘气的童年

合上手中的《不如吃茶看花》

一杯陈年往事

在茶杯中直立起身子

与我的童年撞了个满怀

第三章 杂树花

151

告急文书雪片似的传来

叛军的数量急剧上升

大量的城池已告沦陷

沙尘暴愈演愈烈

我甚至可以清晰地听到

沙子在我关节滚动的声音

我已老迈昏聩

无力阻止身体的集体哗变

关隘要塞早已被叛军占领

投降是可耻的

我半跪的姿势绝不表示屈服

人们早就原谅一只跪乳的羔羊

（干活时，由于关节疼痛蹲不下去，只能选择半跪的姿势）

总会在年末进行一场盛大的演出

千树万树的梨花

独钓寒江的老翁

……

经典的片段早已流传千古

只是近来大腕常常耍起大牌

缺席的表演偶有发生

翘首的人空欢喜一场

报幕的模棱两可

或许，来的只是助演

洋洋洒洒转几个身段

或者夹着水分随便糊弄一下

像穿帮的魔术

据说，高处已有几次成功的表演

身段唱腔样样到位

高处不胜寒

人间

依旧流传着雪的传说

有时是在干活的当中

一个词语突然就窜到你的眼前

这时，你得像安抚一只乖巧的兔子

摸摸它，亲亲它

让它暂时在你的心窝趴着

待到收工

再慢慢给它营造舒适的小窝

大多数时候

它们是难以捕捉的精灵

只在你的门框外露一下头

就倏忽不见了

有时，它们只是山野的毛坯

一块尚未切割的顽石

你得花心思勾勒出它的图案

不停雕琢不停打磨

直到它现出原形

称为老人好像为时尚早

叫作年青人那也大大不妥

五十多岁的年纪

往上爬有点力不从心

向下走又有点心有不甘

说是农民吧

农事农活一窍不通

说是城里人吧

没房没户口没有立锥之地

一道斜坡

呈四十五度角延伸

他们做得很认真

那些虚构的物质

质地就像皇帝的新装一样华丽

土地已翻过三遍

每一个细节都重复了三遍

围观的人也喝了三遍的彩

终于开始播种

岁月的小巷里

一些事物

终将破土而出

致和县蔬菜

你从李白的诗篇中萌芽

你从刘禹锡的陋室里孕育

你从长江的天际线划过

……

从简易的拱棚、竹棚

到全智能的玻璃钢棚

历经多次的脱胎换骨

你的骨骼有了行走世界的强健体魄

和县番茄

和县辣椒

和县黄金瓜

……

你诸多的乳名有了多元的音质

绿色的音符唱出最美的和声

蔬菜种植面积43万亩

年产各类优质蔬菜瓜果105万吨

你在大地上书写的答卷不断刷新

自动控温、自动补光

在田保鲜、高温煮田

你怀揣科技的法宝

使出浑身的解数

只为和你和我

和盘托出

一道和美的人间美味

天色突然变得殷红

天空盖了下来

我进入睡眠

你开始撕咬

我的血从你嘴角流出

我从一亿多年的深度睡眠中醒来

你的同伴赶来

加入撕咬的行列

你和他都嘴角流血

你的血和他的血

一滴滴还回我的体内

我认出我前世的朱砂痣

你们开始忏悔

还原出我本来的样貌

钟馗、弥勒、观音、释迦牟尼

......

一块石头

有了无数的分身

从云端俯视

周边隆起的小山丘

恰似散落在大地上的金蛋蛋

一张，或者更多张

蓝图

包裹起一枚又一枚金蛋蛋

蛋壳中

一群羽翼未丰的小生灵

纷纷出逃

远方的山，张开双臂

像慈祥的祖母

张开双臂

迎接无家可归的孤儿

祖母牙关紧咬

碎落的牙齿落石般砸向大地

蓝图徐徐展开

一指匕首应声而落

镜像定格

画面中高楼大厦

破壳而出

一层又一层

阶梯般分成了无数个层次

借个院子过生活
——致禾子《借个院子过生活》

借个院子

坐下来

过一段未被锋刃

划伤过的生活

穿旗袍撑油纸伞的女人

在细雨蒙蒙的巷子与你擦肩而过

渔梁坝的波涛

在老唱机上悠然浅吟低唱

你心爱的中华田园犬

静卧脚边

把时光催眠成江南油画

马头墙上

墙头马上的古人款款而来

西街壹号

又在历史的尘埃中复活

历史的骨骼中

融入现代的血液

徽州的前世与西街的今生

不期而遇

借个院子

坐下来

用你今生的日子

过一段前世的光阴

它一路跌跌撞撞
叩不开回家的门

一道水泥的门闩
封死了归路

这天空

空荡荡的

像是没有双臂的雕塑

要是有一群翅膀

在空中盘旋飞舞，多好

这丛林

死气沉沉的

像是杂草丛生的墓地

要是窜出一只吊睛白额大虫

剪径，多好

这河流

冷冷清清的

像是没有温度的凉白开

要是有几尾小鱼从石缝里钻进钻出，多好

你终于觉察到异样

你走调的歌声

已失去越来越多的听众

实施分类后

我不确定

我到底属于哪个垃圾桶

关于故乡

其一

谈到我的童年时

它笑了

打开层层包裹着的包袱

难得它保存得这么完好

以至我一眼就认出了我童年的样貌

小时候我不喜欢它

甚至有点讨厌它

对面的山太高了

它挡住了我的远方

我要到山的背面去

它显然早知道答案

对我的返还一点也不惊讶

山的背面，还是山
它默不作声
拿出一面镜子
于是，我看见了我背面的我

其二

我们还谈到了我的父亲
那个整天背着药箱的兽医

鼓胀病的老水牛
青饲料中毒的大肥猪
这些照抄书本的病例
病得一点没有新意
仅凭一本兽医手册
父亲就能把它们统统拿下

每次在梦里见到父亲
他还是住在翻新前的老房子

翻看他的兽医手册

老套的病例

没有一点新意

狮群开始盛宴

剩下的残渣

由更小的动物分食

室外开始回填

渣土车往里倒渣土

一座小山已被推平

现场剩下的渣土

依旧可以嗅到草木的清香

回填的土中种上绿植

渣土中又长出新的事物

从新建的楼房俯看

那些被称为乔木的事物

草芥一般葱茏

我只想坐到灯光里去

小时候

喜欢在蚂蚁爬行的路上

设置一道道障碍

它们弱小的身躯

在我的设计下

徒劳地不停翻越

心中泛起莫名的满足感

日子贫血症一样苍白

几十年的奔波

竟然还是在原地踏步

举头三尺的神灵

是否也热衷我儿时的游戏

那辽阔的黑暗

是否是你虚设的道具？

这虚构的饱满

足以让我们化身为飞蛾

枝繁叶茂

飘零的树叶

应该知道根的方向

你化身为一座桥梁

你弓下身子

仔细梳理每片叶子的去向

钱其琛、钱伟长、钱三强、钱钟书、钱复……

钱氏后裔们纷至沓来

钱王文化的树干

枝繁叶茂

四十余载专做一件事

古稀之年犹在发挥余热

你虽乘鹤西去

千古一族的咏叹

依旧在吴越国的故土上

经久传唱

第三章　杂树花

175

时光的机器加了个塞

重新打印一份相同的日子

山寺桃花

是否要重新再开一次

人不能两次

踏进同一条河流

我该如何向翘首等待的五月

再约定一个折叠的日期

祝酒辞

努力在找新的气象

这些旧辞

却纷纷从刚满上的酒杯中冒出来

春节

一条河流的尽头

洄游的鱼挤作一团

你随手就可捕捉一条

成为你酒桌上的一道下酒菜

酒的浪潮一波接着一波

我以同样的方式

多次被人打捞上岸

成为酒桌上的一碟小菜

一条咸鱼

在一大波祝酒辞中

翻了个身

子弹穿透阳光的胸膛

每一寸土
每一棵树
都成了无处可逃的靶子

鸽子们沉默不语
它们有漂亮的羽毛

苍蝇发出嗡嗡的声音
模拟枪炮的威严
追逐着血腥的味道

我无法阻挡子弹的方向
只能铺上一张纸
在纸上展开兵甲
让每一个字都直立行走
与阳光站在一起
等着纸上的春天复活

窑界

那是一千多年前的事了

窑界

流传着秘色瓷的传说

如冰似玉

似水非水

这越地特有的气质

唯有帝王才配享受

能入秘窑成为进贡的贡品

是每个黏土家族成员最大的梦想

那一天

一帮窑工挑着我们进了窑棚

制坯、上釉、修复、烧制

我幻想着入窑后的每一道工序

因兴奋

我土黄的肤色变得绯红

窑火渐渐冷却后

我从昏迷中醒了过来

一条长方形的东西在我身上出现

啊？我居然变成了一块方砖

一块印有大唐纹饰的方砖

——

我，只不过是一坨制砖的泥巴

我万念俱灰

一坨砖泥

居然怀揣秘色瓷的梦想

我灰溜溜地在一墙根落了脚

从此，陷入黑暗

再次见到亮光的时候

已是一千多年后的今天

我被人小心翼翼地从土里刨出

他们洗去我身上的污泥

待我如接受洗礼的新生儿

纹饰，这大唐特有的胎记

使我有幸成为博物馆的座上宾

灯光照在脸上

我的肌肤有了玉的光泽

恍惚间我又回到窑界

回炉成一件秘色瓷

很容易被人捡去

被肢解

拆得七零八落

再当成礼物

转赠给他人

收到礼物的人

又重新拆散重新组装

生出许多歧义

硬生生又多出许多碎片

锋利的伤人的碎片

于是，这些碎片

变成武器

向最初丢失词语的人

发起攻击

这些词

粘满土坷垃

就像农村墙角的土坷垃

砸在身上

又脏又疼

我很笨

不擅于组装

我选择把它直接扔进垃圾桶

醉眠石

传说苏东坡到玲珑山
寻访出家为尼的歌伎琴操
心怀惆怅
多喝了两杯
下得山来
在山腰这块平坦的岩石上
醉眠不醒

学士早已远去
唯有这醉眠石
醉醺醺的尚未醒来

泉水不断从它体内流出
这玲珑山的泉水
后劲真大

那些被文了身的文字

稚嫩，这样说也未尚不可
当年，从母亲背回的猪草箩里
从父亲独轮车推回的柴火垛里
我找到它们的时候
它们是那么的害羞
根本不好意思公开出来见人

后来，它们随我来到城里
每当我拖着疲惫的步伐回到家
它们总会燃起烛火
为蒙在烟尘里的我引路

很惭愧
它们不断地擦亮我的身体
我却不能给它们华丽的衣裳
它们跟我一样
始终徘徊在工地的方寸之地

工友们有时也取笑我

第三章 杂树花

185

说我摆弄这无用的玩意
又不能拿它换钱

但它们依然对我不离不弃
我索性用电镐在它们身上文了身
这样无论到哪里
我都可以一眼认出它们

于是，这些文了身的文字
就有了我特殊的印记

说起临安

说起临安

总要费一番周章

其实，我们的临安

和你提到的临安

不是同一个临安

早在南宋作为都城的临安

我们的临安

就存在了一千多年

说起来有点拗口

后来的临安冒用了原来的临安

原来的临安

不如后来的临安名气大

顺着临安的词根

你可以摸索到它一千八百多年的根脉

它隐藏在天目山宽阔的怀抱里

若再仔细往深处寻找

古老的《山海经》里

也有它的影子

细数它历史的根源

五代十国吴越王钱镠这一时期

是它最为显赫的一个时期

钱王故里的金字招牌

挂在临安人骄傲的脸上

临安的外套里

套着的那个身子

我也不知道谁大谁小

广为人知的都城临安

现在的名字叫作杭州

离都城临安五十公里的临安

现在是都城临安的一个行政区

第四章 组歌颂

一、植物志

凤尾草

从此，世上再无凤凰

浴火后

只留下这无用的尾巴

我在时光的缝隙里

取出身体里潜藏的文字

研磨成我扎根的土壤

瓦砾间、墙缝里

都是我求生的落脚地

乡村与城市

这巨大的缝隙里

我与一株草

互为命运

我浴火后留下的尾巴

恰好成为祛火的良药

车前草

我一直在路旁徘徊
不敢离车辙的印迹太远

送信的蛤蟆一次次捎回
貌似故乡的消息
路过的人
直接把我喊作蛤蟆草

这么多走失的故乡
需要多少走失的孤魂
才能全部认领

沙场的金戈声渐远
而我仍枯守在道旁
生怕与路过的故乡失之交臂

思乡的念头
渐渐浓缩成一味乡愁的解药

说什么高低贵贱、贫穷富贵

少年，你可愿意与我双栖双飞行走天涯

我婀娜多姿的曼妙身姿可曾让你心动

你说我脸生三角形似蛇蝎

你可曾见我石榴裙下众生百态

你若是温驯的羔羊

我必是缠绵的蝴蝶

我酸酸甜甜的味道必使你终身难忘

你若是蛇虫必尝我浑身的倒刺

你可知我的浑号人称蛇倒退

少年，他们还称我为猫瓜刺、犁头刺

你可知我泼辣的外表下

隐藏的酸、甜、苦、辣

少年，你跟我提到了杜十娘

你看，我也有我的百宝箱

消肿解毒痢疾腹泻痈疖疮毒皮炎湿疹小便不利

我百宝箱里的宝贝着实不少

我淡红的茎部红紫相间的果实鹅黄的花苞
少年，这些还不让你心动吗
可否带我浪迹天涯策马奔腾

时光回到原点

我手持狼牙棒，征战沙场

大雪，封住我最后一丝温柔

仗剑四顾，天地间只剩我一人

我浑身的伤疤结痂成刺

一只飞鸟略显迟疑

成为我见到的最后一个影子

从此，人们都称我为鸟不踏

猎户满面红光

我泡在酒里的身躯

满足了他对猎物的所有想象

酒精逐渐上头

前世的记忆在体内复活

风沙中的累累的白骨

我要赎回你们所有的伤痛

我的狼牙棒

就是我们相认的信物

《本草拾遗》这样描述我

楤木，生江南山谷，高丈余

直上无枝，茎上有刺

祛风除湿，活血止痛

金樱子

很少有人知道你的学名
大家都叫你
老酒瓹，或者干脆叫你刺蓬窠

反派的长相
常常引来刀斧的讨伐

温补、固崩、止泻
酒瓹里暗藏济世的善意

新长出的嫩蕨
是儿时最好的零食

再遇见长相凶恶浑身带刺的刺头
我会原谅他的尖刺
凶恶的外表下
也有柔软的一部分

天青地白

有很多同名同姓的
但它们，都不是你

你只属于我
属于我故乡的这片土地

草本类生存的战斗
很残酷
你选择泥质稀薄的砾石栖身
其它草类
对此不屑一顾
反而成就你遗世独立的策略

青色，与砾石接近的保护色
叶片背面的那抹白
才是你不肯示人的处世法则

苦寒之地苦寒的身世
成就你别具一格的寒凉特性

落草为寇

并非我的本意

长毛的绰号

成了我额头永远的刺青

小飞蓬，才是我的本名

这名字

注定我终身飘零

我是菊科植物被流放的郎中

发热皮疹泄泻胃炎

我手到擒来

我生性好斗

所到之处对手片甲不留

我毛发渐长

家族将我除名

某越来越像真正落草的草寇

招安书上

依旧没有我的名字

我怀揣武艺

活成了猪嘴里的一道零食

朝天椒

与我邂逅
注定是一场轰轰烈烈的开始

意气相投的人
你我胸中
都埋藏着烈火

绝不把锋芒
指向大地
那是你我
生命开始的方向

朝天　朝天
那是风暴
袭来的方向

释放出来吧
纵然成泥
纵然成酱

也绝不歇灭
心头的烈火

苦瓜

如果更早一点遇上我

你会看见我金黄色的五片花瓣

就像手中捧着一盏小小的金饭碗

然而，我却愁眉不展

人间还有那么多的饥饿

我又岂能陶醉于小小的金饭碗

烈日当空

我额头的皱纹渐深

好似装下了整个人世间的坑洼

昨日的黄花没必要再提

我这皱巴巴的皮囊里

模拟着万物的水深火热

卷心菜

我已收起浑身的芒刺
不再像前世那样争强好胜

我紧紧包裹着自己
一层又一层
不露一点贪嗔痴
我在自身的庙宇里打坐

我在等雪
等雪递上一把冰冷的刀

我的白
需要一把刀的验证

二、从钱王陵到功臣山

钱王陵

长安的落日正在下坠

我的王

有兵马正从北边进犯

临安兵屯八百里

八百里的每一缕风都隐伏着可疑的刀兵

一出空城计

黄巢的兵马输给了八百里这个虚张声势的小地名

我的王

一个新的时代即将开启

钱塘潮卷起千重浪

我的王

潮水苦啊潮水咸

潮水涌堵在吴越子民的心头

三千弓箭手已准备就绪

射潮的勇士

箭雨更比潮水猛

射得潮水再也不敢抬起头

龙王的龙爪再也不敢踏上江堤

从一堡二堡三堡到十八堡
撩浅军的堡垒步步为营

一朵驯服的浪花

时而双手交叉

时而鹰击长空

臣服的潮水年年上演潮之舞

猛兽成了马戏团的表演者

陌上花开

可缓缓归矣

我的王

陌上旷世的奇花竞相绽放

醉倒了杭州太守苏学士

一曲新谱的陌上花

传唱至今

一剑霜寒十三州

我的王

你挑私盐的肩膀

扛着吴越百姓的生死存亡

我的王

你睡在家乡的太庙山脚

那声声啼叫的杜鹃鸟

是你在召唤家乡的父老吗

石
镜
山

一块石头正在发光

照亮了一个时代

照亮了一个少年未来的道路

那个少年

爬上一棵大树

跳到这块发着亮光的石头上

石头亮了

少年也亮了

少年说

我要做将军

那棵大树说

我也要做将军

做了将军的少年

最后做了吴越国的国王

做了将军的将军树

整天对着石头照镜子

觉得自己越来越像将军了

婆留井

对于一口井

须要仰望

才能测出它的深度

我用目光

打捞起一千年前末唐的井水

婆留井的故事

从我指尖缓缓流出

一个流传千古的传奇

差点溺毙于这毫不起眼的小小水井

阿婆奋力夺下褓褓中的婴儿

这长相怪异的婴儿

即将开启一个新的时代

阿婆的慈悲

从未在岁月的变迁中干涸

婆留

阿婆留下的孩子

我俯下身子
历史的影子清晰可见

功臣寺遗址

循着你遗下的旧址

我们发现了前殿、天井、大殿、过廊、钟鼓楼及两侧厢房等等

从南到北依次排列

就像你从小到大依次走过的道路

历史的车轮走得太过慌张

以致衰草下虚掩的门

多次从历史的缝隙中擦肩而过

你一直不肯醒来

肯定是要等一个盛世前来相认

功臣寺的功臣

在废墟中纷纷复活

纷纷叙述古老的故事

你遗下的旧址上

又迎来了崭新的故事

功臣们立身成佛

他们的身躯

一节一节拔高了功臣山的高度

是功臣山成就了你

还是你成就了功臣山

你和它

谁是谁的附属品

你若老僧入定

任世俗的潮汐涨涨落落

你恪守一枚印签的操守

每一块塔砖

都烙着吴越故人的印迹

功臣山

海拔不到二百米的山

总让我联想到一位矮个子的父亲

肩上驮着整个家庭的重量

没有一点防身的本领

历史的车轮轻而易举就能把它压在脚下

有了御赐的护身符

你矮小的身躯

才有了居高临下的霸气

从功臣山上望去

临安城里吴越文化的种子

开遍了大街小巷

寻常百姓的脚步

也走在了封建帝王的家山上

功臣山脚下

一批批新的功臣

把我们的日子一天天擦亮

三、节气辞

春

分

剥开这个词语的时候

一些花朵正起身离去

当然，你不必为此而伤感

枝头挂满的小果延续着春天的故事

圆和缺并不总是对立

有时它们也像孪生姐妹

就像此时对等的黑夜与白昼

把这个词语继续展开

你会遇见

燕子衔来的春天舞曲

也会遇见

手扶犁铧的农夫

与他的老牛向你迎面走来

……

这样的节气里

一切的美好

都会从这个词语里生长出来

踏上第六个台阶
你刚巧走完一个季节
来到一处季节的分水岭上

新茶正在采摘
多一分太老
少一分太嫩

笋尖刚刚从泥土中探出头来
春蚕吐出自缚的绳索

时机恰到好处

低头是来时的模样
抬头却是另一个季节

在分水岭
刚好可以歇下来
把春天，打包带走

清明

从城里到家里
四十公里的路程

父亲，我将回来看你
雨一直下
却填不满我干涸的泪腺

父亲，我将点上三炷清香
天上人间
没有直通的公交
有香火的指引
你该找得到回家的路线

届时，我会摆上酒菜
请你再尝一尝
这尘世的味道

父亲，从你现在的山头
到家有三里的路程

早点出发

你我都有很长的路要赶

立秋

猛虎即将归林
它长长的尾巴仍然极具杀伤力

幼儿模仿成人的步伐
老气横秋带点世故

有叶子从枝头飘落
身怀六甲的谷物即将临盆

遁形的老虎
尾巴成了无处可藏的旗杆

舞台的布景尚未撤换
猜不透是故事的结尾
还是开端

第四章 组歌颂

221

四、相见村采风行

相见村的由来

据说，去杭城经商

走这条古道最近

徽州的商贾们

经常相约到这个位置相见

久而久之

这个半山腰上的村落

就称之为相见村

青梅与烈酒相见

爱情与山楂树相见

古老与时尚相见

相见村，有了新的由来

时间早得你来不及做任何铺垫
一场震撼的表演已然开场

浓雾，或者说成是白云
已把尘世低矮的部分遮住

需要提醒的是
此刻，你身处大山的制高点
也就是说
眼前云层大海般汹涌
而你，正处在海边的某一个渡口

不必探究脚底淹没的真相
对岸的孤峰
渡船般向你颠簸过来

也不必急于找寻渡船的方向
时光，恰好给你留白的空间

鸟声恰到好处的响起

天籁般的画外之音

画面切换

阳光调整舞台的色调

大海退潮

真相袒露

你尚未从虚实的空间回过神来

对面的山顶

露出和这边相似的几幢房屋

对岸的渡口

一定也有人想摆渡到这边

在相见村

于是，我又回到母亲体内
尘世的烟尘、风暴
都被母亲挡在外边

在子宫里听鸟的胎教
模仿一株草在岩缝里扎根

把山楂树当成菩提树
悟一悟前世今生的因果

此刻，我恢复一张白纸的状态
可以又一次获得
母亲的遗传

山楂树下

我见过的山楂都是灌木

身子矮小

果实酸酸甜甜十分爽口

这棵高大的乔木

是我见到最另类的山楂树

民宿的主人说

这棵树虽然高大

它的果实一点也不好吃

这令我想起了一个隐喻

但我并不打算把爱情这个词说出来

在没有遇见这位叫潘青青的
海归游子前
这里的画面
是惨不忍睹的

失去栋梁的房屋
注定要垮塌
没有壮劳力的村庄
也注定要凋零

高山，流水
枯藤，老树
多好的画卷呀

但是，行将坍塌的房屋
回天乏术的老人
画卷里存在残缺的败笔

于是，这位叫潘青青的女子

在这叫作相见村的山村

扎下了根

开始了一幅画卷的修复

一座山

驮着一个或者更多个

村庄，逐渐消失在人们的视野

安抚一匹出走的良驹

就给它充足的草料

茶叶，确实是上好的茶叶

山高，湿冷

延误了季节也延误了价格

就地办一个茶厂

拴住姗姗来迟的采茶季

好茶还须配好名

相见恨晚

这名字真是浑然天成

高山蔬菜

梯田水稻

游游天池

民宿集群

……

海外游学的经历

无疑使她的眼界高远开阔

梧桐引来金凤凰

离巢的蜜蜂

陆续飞回蜂巢

一座山

又恢复了千里马的本色

洪信明：身体的我和灵魂的我 在诗歌里抗争

老　残

　　在临安作协的活动中，我认识了洪信明，他憨厚且略带沧桑的外表很诗歌也很不诗歌。很诗歌是因为诗是属于心灵深处的吟唱，诗歌没有脸谱，如果有脸谱，那么洪信明脸上被岁月雕刻得盘根接错的表情，恰恰是诗歌特立独行的精彩；很不诗歌，其实也是世俗的审视对于诗歌的误读，因为想起诗歌，就会想起戴望舒、徐志摩的风流倜傥，而洪信明的脸却缺少类似的诗人气质，他的脸是坦诚的，坦诚如结满冰雪的大地，仿佛所有人生苦难都写在他的脸上。他的脸就是一首寓意深刻的诗，恩格斯曾经说过，愤怒造就诗人！诗歌既属于风花雪月的吟唱，更属于多舛命运的盔甲，在不尽人意的人生之旅中，诗歌是洪信明最后的岛湾，如天上的繁星，让泥里生活的他有了云里翱翔的目标和志向。

　　洪信明是一个农民的儿子，家住临安於潜千茂村。我没有去过千茂村，但去过和千茂村相邻的泗洲村。2014年接受设计策划泗洲村乡村文化礼堂任务时，了解到熟悉的人中有两个出自泗洲村，其中最著名的是前中国武警文工团副团长胡小娥，她是村庄的光荣和骄傲。另一个是青年诗人季淼慧，诗人在小城已经小有名气，但在村里居然籍籍无名，村里提供的人物精英榜上根本找不到诗人的名字，可见，在乡村，诗歌是很虚无的存在，诗人也是。那一年，我不认识洪信明，也不知道泗洲村隔壁的千茂村，也会诞生一个诗人，会让长满杂草的乡村阡陌上，开出诗歌的花来。

洪信明的童年应该像一首童谣，充满了诗意而温馨的回望，在家里，他排行老小，深得兄姐的宠爱，更是父母的掌上明珠。童年的乡村在他眼里，就是田园诗一般的存在。他在一首诗里写道：父亲，你曾是我的一座山/山上有过一个又一个春天/可是，我把春天弄丢了。他弄丢春天的过程富有戏剧性。27岁那年的春天，他第一次走出村庄，跟随大姐去昆明做生意，几年后便掘得第一桶金，富裕起来的他在村里造起了第一幢让人刮目相看的房子，成为庄户人家眼里"别人家的孩子"。37岁那年，水晶加工产业方兴未艾，成为又一个造富神话，头脑活络踌躇满志的洪信明变卖了昆明所有的家当，在金华浦江办起了水晶加工厂。不想从此命运急转直下，水晶加工厂败光了他所有的原始积累，人生推倒重来。

从27岁到37岁，是洪信明财富生涯的黄金十年，不仅完成了原始积累，还成家立业，有了娇妻爱女。然而，十年河东，十年河西，浦江五年，是洪信明商业生涯的滑铁卢，是他从农民到老板，再到建筑工人的分水岭。42岁那年，他两袖空空地回到临安，家破妻散，幸而爱女一直带在身边，为了女儿的学业，一家人的生存，一无所有的他被命运逼成一名低到尘埃里的建筑工地水电工。从老板到水电工，身份断崖式的落差，让洪信明的思想经历了摧枯拉朽的蜕变，干最低贱的活，写最高贵的诗歌，看上去好像并不违和。"只是，我这漏洞百出的身子/养活肉体/就几乎用光了我所有的力气"，这是洪信明工地生活的诗歌写真，摘自洪信明第一本诗集《我与春天，相隔一道墙》，那么，灵魂何寄？失之东隅，收之桑榆，命运之手终于让洪信明找回了多年前被丢失的诗歌，生命浮华之时，诗歌被置于时光的暗处，生命落魄以后，诗歌像一道上帝的光，照亮洪信明迷惘的打工生活。

少年锦时，洪信明从一本《普希金诗选》中，和诗歌相遇，也得益于启蒙老师江林昌的点拨，让他进一步认识诗歌爱上诗歌，并在诗歌写作上展示了难能可贵的灵气和才情，只不过诗歌的灵光终不敌现实生活的纸醉金迷，远离诗歌的日子，是洪信明物质和灵魂的两个极地，一半是海水一半是火焰，互不干涉，互不兼容。也恰恰是猝不及防的成功和猝不及防的失败，让诗歌在疏离了很长一段岁月后，再一次在洪信明心里复活。他一边打工，一边写诗，把日子过得既密不透风，又风生水起。他的诗文逐步发表于《浙江作家》《浙江诗人》《山东诗歌》《岁月》《金山》《诗渡》《三角洲》等几十家期刊，期待中那一片诗歌的麦浪终于开始承载丰收的喜悦，在风中摇曳。

对洪信明，我内心是充满敬意的，我知道他一直有出一本诗集的愿望，一开始我想劝说他，在网络阅读时代，纸质书的存在更多的是仪式感，如果经济条件不允许，可以暂缓出版，也多方了解出版途径，并寻求为他的诗集提供赞助的渠道和可能。外卖诗人王计兵的诗集《赶时间的人》出版后，我第一时间网购了一本，读了以后比较洪信明的诗，更认可了洪信明诗歌的价值，感觉在打工诗歌领域，他们都独树一帜，风格鲜明，成功地把一个城市建设者和服务者悲欣交集的奋斗渗透到诗歌的字里行间。我把王计兵的诗集送给了洪信明，鼓励他所有为梦想而付出的努力都是值得的。

　　而今，洪信明自筹资金出版的《我与春天，相隔一道墙》马上就要付梓出版了，信明嘱我为诗集写点文字，我虽然喜欢写一点随心所欲的分行文字，自认为对高贵的诗歌一直以仰视的姿态出现，并不懂什么诗歌的门道。然而不懂但喜欢，可能更加符合诗歌似是而非的性情，就欣然应诺下来，为了致敬诗歌，致敬那个白天工地上汗水淋漓，晚上出租屋伏案笔耕的诗歌行者。

　　《我与春天，相隔一道墙》辑录了洪信明一百余首诗歌，分为四个章节。分别为《自画像》《工地情》《杂树花》《组歌颂》。其中最打动人心的，则是《自画像》和《工地情》，里面流淌着洪信明生活基因里最纯真最直白的吟唱，因为真切，所以感动。《自画像》和《工地情》也不是决然割裂的，而是彼此交叉和融合，相互映衬和呼应，因为它们有一个共同的生活背景——打工人。在洪信明的诗歌里，漫长的十五年的经商生活，被他悄然抹去了，这段曾让他无比骄傲过的逝水流年，仿佛从来没有存在过，成了洪信明诗歌里的弃儿。而童年的稻田和钢筋水泥的工地，则在他的诗歌里反复呈现。父辈把生活种在稻田，他则把生活种在工地，于是，麦子和不断长高的钢筋，是两代人赖以生存的依靠和希望。比如：可是，工地上见不到一朵花/泵车输出的混凝土/荡起的一圈一圈涟漪/倒有几分像绽放的花朵/让我联想到老家翻耕的农田/要是能开出稻花该多好。又比如：我的身体是肥沃的田野/多好/雨水多么充沛呵/每灌溉一次/脚下的楼房就跟着长高一寸……我们亲手栽下的高楼/一天天拔节生长/和我们蹲在地头/看自家的庄稼一点点长高/没什么两样……无论什么样的劳动场景，都会唤醒我们体内的饥饿记忆，那是根植于血脉深处的乡愁，就是与禾苗和楼层一起长高的日子和收成。

在《工地情》这个章节，洪信明还以诗歌精到的语言，艺术地白描了诸多工友的形象，比如：他们的年龄普遍偏大/略显迟滞呆板/就像秋天的野草/失去了向上生长的动力……又比如：比如这一群来回奔波的蚂蚁/举着太阳这么大的火把/也没能把它们/从黑暗的洞穴拯救出来……疲劳大举入侵的时候/他总能顽强地站起来/手握电镐切割机/陷入又一场新的厮杀……大地之上，最华美的光影，莫属于劳动和创造。如果上帝创造了土地、山岳、河流，那么，劳动升华了价值。有了劳动，就有了稻香，有了风吹麦浪，有了雄伟的建筑和拔地而起的桥梁和高塔。日月星辰，高山溪流，只是大地之表，劳动者则是大地之魂，是他们赋予土地以丰盈和华美，他们是卑微的，又是伟岸的，诗人和劳动者身份得兼的洪信明，总是能够发现和记录自然之上让人肃然起敬的灵魂。

洪信明诗歌一个贯穿始终的显著特点，那就是对自己身体的解剖、抗争和升华。在他的诗歌里住着的自己，有两个相互对立、相互矛盾又相互和谐的影子，一个是物质的我，一个是灵魂的我；一个卑微的我，一个是强大的我；一个我唯唯诺诺，一个我叱咤风云；一个我在负二层和蚊子作伴，一个我在云端和星空私语……理想很丰满，现实很骨感，但在洪信明的诗歌里，这些对立的事物都会得到统一，这就是诗歌对于洪信明的救赎和疗愈。他习惯于"从体内"取出什么，然后涅槃成什么，体内是他强大私藏，体外是他挥斥方遒的战场，八百万雄兵可以随时呼之欲出，身体的我和灵魂的我在诗歌里抗争，构成洪信明最精彩的精神独白。比如：我的头颅是高高的山峰/多好/那么，从我鼻尖淌下的汗水/就可以看作是悬崖飞流直下三千尺的瀑布……在这里，诗人就是地球，诗风豪迈，霸气侧漏，舍我其谁？有时，诗人是弱小的：就像一个明显的错别字/在这个整齐划一的句子里/我显得那么突兀。有时，诗人又是强大的：我坚信，我拥有大鹏的翅膀/只是暂时/借这一片菜叶栖身/等风一来/我就会从众人的口腔中飞离/从唾沫的风暴中穿越……有时诗人是愤怒的：此时，我的体内/一定是电闪雷鸣暴雨倾盆/河水泛滥/横冲直撞溢出身体表面……更多的时候，面对并不如意的人生，诗人总是充满期待和希望：我几乎忘了我也是一粒种子/也需要破土发芽争抢阳光/我认出了身体里的风暴/只等春风将我唤醒……低头六便士，抬头有明月，卑微而不失梦想，洪信明的生活经历和人生态度，囊括了东西方文化的精髓，既有梵高的困顿和迷乱，也有苏东坡百折不挠的旷达，身体在下，灵魂向上，穷且益坚，不坠青云之志！

洪信明的诗集取名为《我与春天，相隔一道墙》，其实，这是诗集里一首诗的名称，这首诗是这样写的：墙里春意盎然/墙外有它喘气如牛/和空调的外机一样/我们悬挂在城市的边缘/我与春天/相隔一道墙。这首诗短小精悍，把打工人和社会主流的隔膜与违和，写得入木三分。这本诗集出版的时候，洪信明已经57岁，奔六的人了，这也是他从事建筑水电工的第十五个年头，至此，洪信明已经完成了从农民、老板到打工人的身份转换，唯一没改的，就是贯穿始终的诗性和诗情。岁末年尾，冬凛春伏，让我想起最初打动洪信明心弦的普希金的诗句：既然冬天已经到了，春天还会远吗？我想说的是，那道虚设的墙体，终将被你手头的钻镐和心里的诗稿彻底粉碎。信明，多好的名字，相信明天，相信未来！只要你心里拥有春天，那么春天也一定不会负你。这本带着墨香的诗集，就是洪信明开往春天的地铁，银河虽阔，诗来渡你，人间虽难，诗播春天！

我的诗路历程

洪信明

我与诗歌的缘分纯属偶然。

高二那一年的一个傍晚，我和一位同学外出散步，那位同学要我帮他拿一下他手中的书，他自顾自到草坪上耍起猴拳来。就在这时迎面走来了我们的语文老师江林昌，他见我手中拿着一本书便问我拿的什么书，我便把书递给了他，他一看书名《普希金诗选》，便饶有兴趣地问我：哦，原来你也喜欢诗歌呀？好，很好！等下回去你到我宿舍来一下。

江老师是我们的语文代课老师，大学毕业的他正在备考研究生，只教了我们一个学期，他上课时抑扬顿挫旁征博引，把一堂照本宣科枯燥乏味的语文课上成了生动活泼的人文历史课，很受学生的欢迎。

我生性木讷反应迟钝，当时江老师拿着诗集问我话时，我窘迫地嗫嚅着：不，不是……不是我的。

估计我的声音太小，江老师没听清，他见我难为情，便善解人意地笑笑：好，你们继续玩吧，等下到我宿舍来一下。说完他转身继续散步去了。

说句实话，在这以前，我对诗是一丁点的认识也没有，更别说外国诗人的诗了。但我是个听话的人，老师既然叫我去，我就去了。到了江老师的宿舍，江老师拿了两本杂志给我，记得一本叫《萌芽》，另一本叫什么忘记了，江老师要我好好看看杂志里的诗。或许，我天生对诗有一种敏感性吧，从未接触过诗歌的我受到老师的鼓励后，竟然学着杂志上诗歌的样子，当天晚自学就创作了一首"诗"。江老师看了后大加赞赏，说我的诗写得有模有样，有点诗人的天赋。

我说过，我是个木讷的人，笨拙到从来没人赞赏表扬过我，想不到突然间被老师当着全班同学的面表扬了一回，这让我很激动，有点受宠若惊的感觉。我总不能白白让老师表扬一回吧。于是，每天放学后我就跑到学校的阅览室借来《诗刊》《当代诗歌》等诗歌刊物阅读，从此着迷一样爱上了诗歌。甚至在令我头疼的物理化学等课堂上也偷偷摸摸地看起诗歌杂志来，有几次被任课老师逮着了，见我看的是诗歌刊物，而非武侠言情类的小说书，便没有没收我的"作案工具"，而是语重心长地教育我，诗歌是不能当饭吃的，农民的孩子要学有用的技能，不要像江老师那样，连换个灯泡都换不来，书呆子在农村是行不通的。

事实证明化学老师的话是对的。江老师作为书呆子自不打紧，八十年代的大学生多金贵呀，何况他还那么用功，一路苦读考上了研究生，接着又获得博士学位。他先后担任烟台大学副校长、山东大学齐鲁研究院院长等职务，如今在山东大学担任客座教授，前程自是不用担心。而我，一个考不取功名的农村孩子，文不能文，武不能武，前程自然堪虑了。

江老师倒是对我很欣赏，有一次班上一位同学过生日，他要我为其创作一首诗，我灵感一来洋洋洒洒写了一首长诗，江老师看了很高兴，晚自修组织了茶话会，并请男女两位同学声情并茂地把我的诗在茶话会上朗诵，我的"诗人"名号一下子在校园传开了，我对诗歌的痴迷也更进了一步。后来江老师把我带到临安去拜访当时的《临安报》的主编王成飞老师，还有《临安文化宫报》的过香臣老师，把我的诗歌推荐给主编。碍于江老师的面子吧，我的诗竟然登上了报纸，这越发激起了我不自量力的文学梦，我开始大量地向全国各个杂志投稿，结果当然不出意料地全部石沉大海。

高中毕业后，我与江老师失去了联系，后来又跟随大姐她们去了昆明做生意，在昆明一待就是十年。竞争激烈的商场使我无暇再去想那些不着边际的风花雪月，潜心做生意，在昆明也算掘得第一桶金荣归故里。后来又到我的老家金华浦江去办厂，后来亏得一败涂地，欠了一屁股债，走投无路只得到临安跟随在工地的小姐夫做起了水电工。

又脏又累的工地生活一度使我感到绝望。四十多岁的人了，从未干过体力活，现在要面对尘灰满天的割槽打槽等体力劳动。

水电班组中，数割槽打槽最辛苦又最脏，灵光一点的人都推三阻四不肯干这活，而我生性木讷，不懂拒绝，于是每次都分配我去割槽打槽。我本来生性胆小，听到电镐切割机的轰鸣声就浑身发怵，但没办法，我只得硬着头皮用两只手抓住切割机割。这样一来，没有喷水的切割作业灰尘就浓烟一样直呛心肺。后来总算习惯了一只手割槽另一只手浇水。但长期的尘灰作业使我患上了哮喘疾病，每到晚上一声接一声地咳，直到把堵在气管里的痰全部咳完，这一咳往往就是好几个小时，当时想想就这样咳死也就算了，这样打工活着还有什么意义。做小工一天也就六七十块，每个月老板只发五六百元生活费，这点钱还要拿出二三百给在家上小学的女儿和年迈的母亲，所以我尽管咳得不成人样了，还是一直忍着不去看病。有一次我二婶生病在杭州住院，我去杭州探望，坐着聊天时我堂弟忽然说你裤子上怎么有点点滴滴的像血一样的颗粒？我一看，确实裤子上有细小的血点，我说我不知道啊，只是最近咳得厉害。堂弟说你自己咳出血了还不知道？还不赶紧去医院检查。这一查，医生让我赶紧住院，说我肺功能衰竭，已变成严重的哮喘了。到了这一步，也没办法，只能认真治疗了，后来又到杭州省中医院、浙一医院等多方求医，经过长时间治疗，病情总算得以缓解。

在这种艰苦的环境下，我心头的苦闷无处排泄，我又不喜欢打牌搓麻将，只得把时间都用在看书写诗上了。

其实，那时写的诗完全是一些牢骚话，用一位诗友的话说就是怨妇式的埋怨诗。一个人自怨自艾是可怕的，我想找到知音，工地上的工友肯定没人欣赏我的诗。于是，我拿着一沓诗稿来到了我们临安的《浮玉》杂志编辑部，我把诗稿交到杂志主编潘庆平潘总手上，潘总看了几页，抬头对另两位编辑部的工作人员说我写的诗颇有点诗意的，不过……他话锋一转，不过我们现在都只收电子稿件，不收纸质稿件的，你回去用邮箱投稿吧。

电子投稿？我的手机除了接听拨打电话，其它的功能我一概不会用，这也就预示着我又投稿无门了么。其实，潘总当时还是没看上我的诗，我那时的诗还停留在八十年代的书写风格上，与诗歌脱节几十年了，我根本不知道现在的诗歌到底是什么模样的。可想而知，作为临安颇具知名度的刊物，我的诗自然入不了他们的法眼。

我想想又不甘心就此放弃，猛然又想到我的老乡季森慧就在临安搞写作，我在《浮玉》杂志上经常看到他的名字。于是我又通过熟人找到森慧的父母，从他父母那里要来了森慧的微信，后来在森慧的引荐下又认识了於潜的周建华老师，周老师又把我拉入网络平台，我在网络平台上发表诗歌、散文，自信心开始爆棚。谁知当我把诗歌投给《浮玉》还是吃了几次闭门羹，这让我认识到了某些网络平台的门槛实在太低，我决定要找好的平台好的老师认真学写诗。

机缘巧合，我有幸加入了《金山》杂志主办的诗歌培训班，听到了雪鹰老师的讲课。雪鹰老师的理论课犹如一道闪电，在我漆黑的夜空中发出了明亮的光芒，使我认识到了新诗的起源，又听到了诸如张枣、洛夫、韩东、张先发……等一系列闪亮的名字，使我知道了什么是好诗，好诗长什么样，开始了有目的地去寻找好诗，使我的诗艺得到了一定程度的提升。特别是雪鹰老师创办的坛头乡村诗歌学院每期必做的同题训练，使我从无意识的写作转化成有意识的训练，这样的训练使我的诗歌逐渐向成熟靠拢，我的诗自然而然地也登上了《浮玉》杂志。不仅在《浮玉》，在其它期刊杂志也陆续发表了诗作。

诗歌为我逼仄的生活打开了一个灵魂的缺口，认识的文朋诗友多了，诗歌的写作也从原来的自怨自艾转变为豁然开朗。诗歌，使我的灵魂得到了救赎，感觉生活处处变得生动有趣起来，繁重枯燥的工地生活也带给我无限的创作灵感。

在和工友安装空调时，对悬挂在室外的空调外机有了共情，外机在室外受太阳暴晒喘气如牛，而内机在室内春意盎然舒适惬意，这不正如我们打工人一样吗？我们悬挂在城市的边缘，永无走进室内的可能，于是我就创作了《我与春天，相隔一道墙》。类似的灵感都源自我亲身的体会，我的诗艺不精，用词意象方面都还欠缺，但每一首都发自内心的真实情感。

通过几年的练习，我的诗歌数量也积累了不少，我一直有个出诗集的梦想，但由于囊中羞涩又无出版门路，所以只能把梦想压在心底，幸而有雪鹰老师帮助，圆了我多年的心愿。

信明一路走来，沿途不断地受到贵人的帮助。比如笔名禾子的同乡季淼慧，每次在我朋友圈里指出我诗歌中存在的不足之处，同时对可圈可点的加以肯定，是信明亦师亦友的良师益友；比如笔名老残的宓国贤老师，多次奔走想方设法要为信明寻找出书途径；比如广西作协副主席刘春老师，信明在短视频上发给他几首诗，他竟然在短视频上发布寻人启事，全网寻找一位写诗的水电工，后来想起有信明的微信，又通过微信来联系我，然后又在他的视频账号发布消息说写诗的水电工终于找到了……

这一路的探寻，这一路的遇见，使信明倍感幸运。感恩遇见这么多志同道合的朋友、老师，感恩你们的每一次帮助鼓励！

这本诗集收录了我自2020年至2024年的部分诗作，以前的诗手机里没保存，所以就没加入。从该诗集中也可以看出我认识雪鹰老师以前写的诗和之后写的诗，可谓泾渭分明，高下立判。我很庆幸能遇见像雪鹰老师这样的良师益友，使我能不断地进步。

　　这本诗集的问世，要感谢的人名字可以写上长长的一串。除了雪鹰老师，还有要感谢的如我的同乡季淼慧，还有热心为我提供帮助的宓国贤老师，还有一直扶持我的《浮玉》老总潘庆平老师，还有启蒙恩师江林昌，还有陈利生主席，还有聂峰、周建华……总之，感谢每一位在我成长路上帮助我的亲友、师长，感谢你们！

我与春天，相隔一道墙